新潮文庫

公孫龍

巻二　赤龍篇

宮城谷昌光著

新潮社版

JN036622

目次

挿画　原田維夫

公孫龍

巻二　赤龍篇

公孫龍の世界

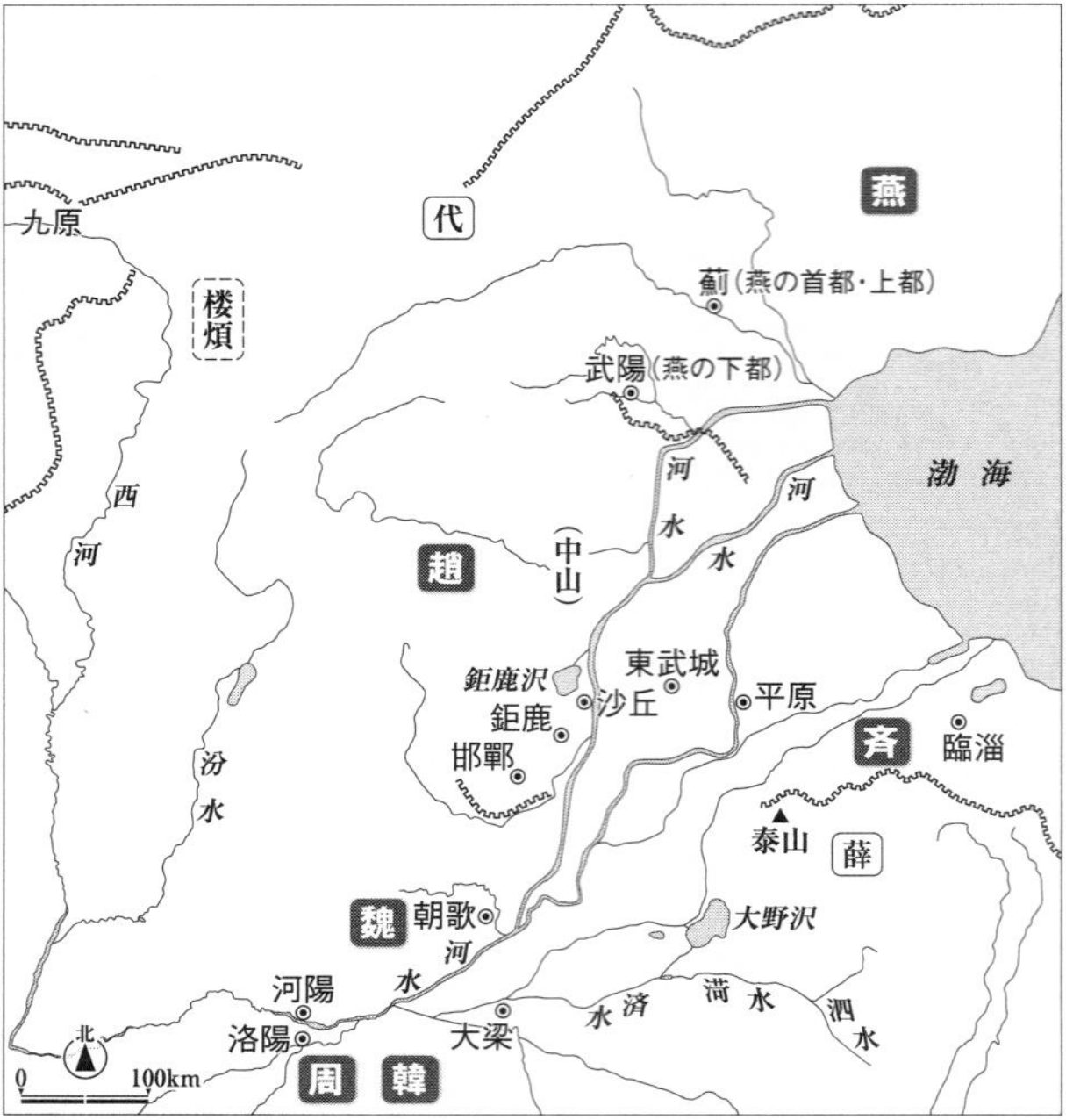
燕
代
九原
楼煩
薊(燕の首都・上都)
武陽(燕の下都)
渤海
河水
河水
西河
趙
(中山)
鉅鹿沢
東武城
沙丘
平原
鉅鹿
邯鄲
斉
臨淄
汾水
泰山
薛
魏
朝歌
大野沢
河水
河陽
済水
菏水
泗水
洛陽
大梁
周
韓
北
0
100km

沙《さ》丘《きゅう》の風

沙丘《さきゅう》は鉅鹿沢《きょろくたく》の東南に位置している。

そこに趙《ちょう》王室の離宮がある。

離宮自体は沙丘の上にあるわけではない。宮殿の東に、水勢の衰えない河水《かすい》（黄《こう》河《が》）によって運ばれてきた沙《すな》が堆積《たいせき》して、大小の黄色の丘を為《な》している。

ひときわ岧《たか》い丘の上に立てば、長大な河水を一望できる。宮殿の西北は鉅鹿沢までつづく森林があり、絶好の狩猟場《しゅりょうじょう》になっている。宮殿の南にも広大な森林があり、つまり宮殿の南北と西は趙王室の専用地で、立ち入り禁止になっているせいで、初夏の樹林の緑があざやかである。

その緑をぬけてくる南風は、まさに薫風《くんぷう》であった。

宮殿はひとつではなく南北にはなれて建てられている。南の宮殿はすこし古い感じなので、歴代の君主が使用してきたにちがいない。北の宮殿は主父《しゅほ》のために新築されたとおもわれる。南の宮殿にだけ客殿が付属していて、公孫龍《こうそんりょう》と従者はそこにはいった。

恵文王《けいぶんおう》（趙何《ちょうか》）の護衛のために五百の近衛兵《このえへい》が随従《ずいじゅう》してきている。ほかに宰相《さいしょう》の肥義《ひぎ》と輔佐《ほさ》の高信期《こうしんき》などの従者および側近が恵文王の近くにいる。

日没まえの二時《ふたとき》の間、公孫龍は周蒙《しゅうもう》に案内されて、宮殿の周辺を歩いた。林間に多くの舎《しゃ》があり、近衛兵は分散してそれらに泊《と》まる。周蒙の説明では、主父は百数十の兵を従えてきた。恵文王の弟の東武君《とうぶくん》（趙勝《ちょうしょう》）の従者は五十人で、東武君が父の主父とともに北の宮殿にはいったので、ふたりの従者はすべて北の舎にいる。

南北の宮殿にはそれぞれ牆《しょう》が繞《めぐ》らされている。が、その牆は城壁のようにいかめしいものではない。

東にむかうと、沙丘にでた。

丘を登りはじめると、足もとの沙が煙のように立ち、風にながされてすぐに消える。頂上に到ったふたりは、しばらく無言で河水をながめてから、風を避《さ》けて坐《すわ》った。

周蒙の表情にはくぐもりがある。

「どのような心配事があるのですか、話してください」

と、公孫龍は周蒙の横顔にむかっていった。周蒙には憂心《ゆうしん》があるので、公孫龍だけをここまで誘ったのであろう。

わずかにうなずいた周蒙は、

「主父さまが肥義どのに、こういう意向をもらされた。すなわち趙国を南北に二分して、南はいまのまま、趙王がお治めになる、北は安陽君《あんようくん》（趙章《ちょうしょう》）を王に陟《のぼ》らせて支配させる、それはどうか、ということでした」

と、語りはじめた。

——主父に心境の変化があったのか。

たしかに安陽君の生母は韓《かん》の公女で、趙王室において正室であったときがある。安陽君は正室の子でしかも長男であれば、主父の正統《せいとう》な嫡子《ちゃくし》は恵文王でなく安陽君であるというみかたもできないことはない。しかし安陽君の弟の趙何を趙王と定めたかぎり、主父はよけいな愛憫《あいびん》を安陽君にさずけてはなるまい。それをすると、国家がゆらぎ、群臣に雑念を生じさせる。公孫龍は、恵文王の側近としてつねに主《しゅ》の安泰を願っている周蒙のことばに、濃い愁色《しゅうしょく》があることを察した。

「肥義どのは、どのようにお答えになったのですか」

と、公孫龍は問うた。

「むろん、反対なさった。しかし……」

「しかし、どうなのですか」

「主父さまは、たやすく物事《ものごと》をあきらめないかたです。沙丘に三兄弟をお集めになり、肥義どのも帯同《たいどう》なさったということは、ここで南北の趙国をつくる構想をお話しになって、肥義どのにそれを認めさせようという肚《はら》なのではありますまいか」

「ああ、そういうことですか……」

今年にかぎって沙丘はたんなる行楽地ではないということになろう。

「安陽君は、おみかけしませんが」

「いちど代《だい》にお帰りになったので、代からおいでになる。到着が四、五日遅れるかもしれない」

「安陽君にとって、良い話がここで待っている」

「王にとっては、良くない話です。主父さまがご存命のうちは、兄弟が争うことはありますまいが、主父さまが崩じられたあと、かならず争いが生じます。安陽君の輔相《ほしょう》となった田不礼《でんふれい》は慝邪《とくじゃ》の男です。安陽君をそそのかして、かならず邯鄲《かんたん》を襲わせるにちがいないのです」

これは周蒙の予想というより確信に比《ちか》い。

――では、最悪の事態を未然にふせぐには、どうすればよいのか。

おそらくそのことを考えつづけているにちがいない周蒙のまなざしに、異質な暗さが生じたと直感した公孫龍は、

「暗殺は、だめですよ」

と、周蒙の棘《とげ》のある想念を破るようにいった。恵文王の将来のために、最大の害となる安陽君をいまのうちに消してしまえばよい。恵文王にかかわりのないかたちで、周蒙は乱心をよそおって、安陽君を斬ろうとしているのではないか。

公孫龍にたしなめられた周蒙は横をむいた。自身を犠牲《ぎせい》にして恵文王を守ろうとする想《おも》いを棄《す》てたくないらしい。

——ぞんがい血の気の多い人だ。

内心、笑った公孫龍は、

「あなたは田不礼を慝邪の男だといったが、安陽君を暗殺すれば、あなたこそ慝邪の男になってしまう。それだけでなく、趙王に疑いの目がむけられ、主父さまによって、王位からおろされてしまう。つまり、あなたが安陽君を殺せば、趙王は貶退《へんたい》させられて、たぶん、東武君が王位に陞《のぼ》る。その後、仲の良かった兄弟が、仲の良いままでいられるでしょうか。ひとつの無理は、別の大きな無理を生じさせます。どうか、天の理に従ってください。いまの趙王はすぐれています。いかなる邪猾《じゃかつ》をも、しりぞけてゆけますよ」

と、あえてやわらかい口調でいった。

上体をそらして、天を仰いだ周蒙は、長大息《ちょうたいそく》した。

「わたしは公孫龍どのよりだいぶ年上だが、窮屈《きゅうくつ》な想念にとらわれていた。たしかに、天の理にさからう者は、かならず滅ぶ。そういう信念をもって王をお支えしなければならぬ立場のわたしが、昧蒙《まいもう》にとじこもっていては、王を正しくお導きできぬ」

天にむかってそういった周蒙の声に、明るさがよみがえった。

——やれ、やれ、この人は死なずにすむ。

そう感じた公孫龍はひそかに胸をなでおろした。しかしながら、趙を南北に分けるという主父の構想が群臣に不安を与えることはまちがいない。その構想がこの沙丘であきらかにされたあと、恵文王の臣下が黙ってひきさがるか、どうか。そんなことを考えながら客殿にもどった公孫龍は、従者を集めて、趙王室と重臣のあいだに憾事《かんじ》が生ずるかもしれないと語った。

故事にくわしい棠克《とうこく》は、すぐに愁眉《しゅうび》をみせて、

「主父は危ういことをなさいますなあ。晋《しん》の桓叔《かんしゅく》の事例をご存じないのだろうか」

と、いった。晋の桓叔といわれても、公孫龍も、ああそのことか、とうなずけるほど知識は博《ひろ》くない。ここでは棠克の説明を待つしかない。

晋の桓叔は四百五十年ほどまえの晋の公子である、と棠克はいう。晋の君主となっ

た昭侯《しょうこう》は叔父の成師《せいし》を曲沃《きょくよく》という邑《まち》に封《ほう》じた。その成師が桓叔である。桓叔が与えられた曲沃は、首都の翼《よく》より大きかったので、

「晋が乱れるとすれば、曲沃に原因がある。末《すえ》が本《もと》より大きく、しかも民心をつかんでいるのだから、乱が起こらぬはずがない」

と、憂慮《ゆうりょ》する声が揚がったという。はたして桓叔の子孫が本家を滅ぼしてしまった。それまでにいくたびも攻防があり、晋国は安定しなかった。

「趙も、そのようになりますよ」

と、棠克は予想した。想うことは、周蒙とおなじである。過去に起こったことが、未来にくりかえされるとすれば、故事を知っていることは未来を照らす燭火《しょくか》といってよい。

大きな志望をもち、それを大胆で賢明な手段で実現させてきた主父が、なぜ、いま、趙国の未来を歪《ゆが》めようとするのか。

――主父に、なにがあったのだろうか。

公孫龍はそう問うてみたくなったが、この問いに答えられる人は、主父を措《お》いてほかにいそうもない。

夕食後に、周蒙が客殿にきて、

「明後日の早朝に、主父さまが狩りをなさる。王は右の陣をうけもたされる。ちなみに肥義どのは近衛兵の二百を率いて東武君とともに左の陣を担当なさる」

と、告げた。狩猟地は鉅鹿沢までつづく森林で、夜明けまえには所定の位置についていなければならない、という。

「すると、夜中に目的地まで移動することになりますね。でも、夜中に森林をすすむのは危険です。明日、日没までにその地に着いて、夜明けを待たれたほうがよい」

すかさず公孫龍はそういった。

「それについては、それがしがすでに王に申し上げた。ゆえに、明日の午後に出発します。なお、王は、あなたに射術の指導をしてもらいたいというご意向なので、午前中に王の宮殿に参じてもらいたい」

「こころえました」

十歳のころに弓矢をもたされた公孫龍は、武術のなかで射術をもっとも得意にしている。ただし周《しゅう》では車中から矢を放つことしか習わなかったので、趙にきて、馬上において弓矢をあつかうことを習練した。いまでは馬に乗りながら勁箭《けいせん》を放つことができる。なお、矢の呼称については、東方では矢《し》といい、西方では箭《せん》という。

翌日、従者とともに主殿《しゅでん》へ移った公孫龍をにこやかに迎えた恵文王は、小半時《こはんとき》後に

は、弓矢を執《と》り、馬に乗った。随従しようとした者たちには、

「公孫龍から射術を習うだけだ。従者は、公孫龍の従者だけでよい」

と、いい、側近さえも主殿に残した。

門をでた恵文王は、無言のまま、馬首を沙丘のほうにむけた。河水に近づけば近づくほど風が強くなるので、それを嫌って、恵文王は南へ馬をすすめ、林がみえるあたりで馬を駐《と》めた。馬からおりないということは、

「馬首をならべよ」

と、無言で公孫龍にいっているようである。

恵文王の馬のうしろにいた公孫龍は、おもむろに馬をすすめた。公孫龍も無言である。

沙丘のあいだに、わずかに河水がみえる。それをしばらくながめていた恵文王は、

「父君は、趙を南北に分けて、ふたつの王国をつくろうとなさっている。存じているか」

と、いった。

「いささか――」

公孫龍の答えはみじかい。

「われはそれを愁《うれ》えているわけではない」

「はて……」

公孫龍は小首をかしげた。

「代の兄君が王となり、代という王国ができる。肥義をはじめ、それに反対する者はすくなくない。だが、われが悲しくてならないのは……」

恵文王はその真情をたれにもうちあけられないので、公孫龍を誘ったのであろう。

「父君はこの離宮で、代王国をつくると宣明《せんめい》なさったあと、おそらく、兄君とともに代へ往《ゆ》かれてしまうということだ」

「そういうことでしたか……」

王の悲しさは、よくわかります、とは、公孫龍はいえなかった。そういえば、そのことばに、実感がこもりすぎるおそれがある。

——もしや……。

公孫龍は、はっとした。父と永久に離れる悲しさを、公孫龍ほどわかる者はいない、と恵文王は知っているのか。恵文王の表情をさぐるようにみた公孫龍に、

「そなたは、周の王子であろう。父上から、おしえられた」

と、恵文王はいい、深愁《しんしゅう》をたたえたまなざしを公孫龍にむけた。そのまなざしを避

けるようにうつむいた公孫龍は、

「周の王子は、人質として燕《えん》へ送られる途中に、船が割れて、あの河水の底に沈みました」

と、いってから、顔をあげた。

「そうか……、そういうことか。われを山賊の襲撃から守ってくれた王子は、死んだのか」

「さようです」

「河水の神が、その王子をいたわってくれるように、われは禱《いの》りをささげよう。その王子の死を知っているそなたは、河水の神の使いであるのか」

「もしもわたしがそうであれば、神通力《じんつうりき》をもっていることになります」

公孫龍は幽《ほの》かに笑った。

「そなたには、その力が充分にある。たとえ趙に、全土を焦《こ》がすような大火災が生じても、そなたは水の力で、消火してくれるであろう」

恵文王の憂愁は、公孫龍と語りあううちに、淡《あわ》くなった。

「射術を習練なさると仰《おお》せになって、ここまでお出ましになったのです。天と地と水を清めるために、矢を放ちましょう」

そういった公孫龍は、恵文王に弓を構えさせ、同時に矢を放った。二本の矢は寄り添うように飛び、低い沙丘のむこうに消えた。それをみていた嘉玄《かげん》は、小さく唸《うな》り、主殿にもどるや、公孫龍に近づいて、

「神技《しんぎ》でした」

と、おどろきをかくさない表情でいった。

「はは、神技ではなかろうよ」

公孫龍は一笑して嘉玄の讃辞《さんじ》をしりぞけた。が、よくよくさきの光景をふりかえってみれば、恵文王の矢よりも勁《つよ》い矢を放った公孫龍のそれが、そろって飛ぶはずがないのに、たしかにそうみえたところに嘉玄のおどろきがある。

――主の矢が趙王の矢を助けるように、推《お》したのだ。

恵文王にたいする公孫龍の心づかいがあのような妙技《みょうぎ》を産んだともいえる。

――それがおわかりにならぬ趙王ではない。

嘉玄の旧主である召公祥《しょうこうしょう》は愛情の豊かさを秘めていたが、いまの主の公孫龍はさらに衍《ゆた》かな愛情をもっている。それが嘉玄にとって誇らしい。

昼食後に、恵文王は出発した。公孫龍と従者は、恵文王の直後をすすんだ。恵文王と公孫龍を離さないように周蒙が配慮しているのであろう。

すぐに森林にさしかかった。広い道はほどなく陽の射《さ》さない細い径《みち》となり、集団は縦列《じゅうれつ》となった。どこまでも樹木が密生《みっせい》しているわけではなく、陽光が地にとどく疎林《そりん》もある。その林は若い緑に満ち、地を埋めつくしている朽葉《きゅうよう》もかわいて、陰気な感じがしなかった。

疎林をぬけてしばらく密林をすすむと、水の音がきこえた。

公孫龍がきいたのは、泉声《せんせい》である。

樹《き》と草にかこまれた泉があった。喬木《きょうぼく》にさえぎられて陽光が泉にとどかないので、水の澄明《ちょうめい》さと泉の深さがわかりにくい。が、ここが森林のなかのひとつの佳景《かけい》であることにはちがいない。

泉のほとりで馬をおりた恵文王は、

「蓆《せき》はいらぬ」

と、側近にいい、独《ひと》り佇《たたず》んで泉をながめた。

――ご生母の恵后《けいこう》を憶《おも》いだされているのかもしれない。

公孫龍はあえて恵文王に近づかなかった。よくよく自分の過去をふりかえってみると、母とすごした日々があざやかによみがえってくるわけではないことに気づいた。むしろ乳母《うば》の容姿のほうが炤々《しょうしょう》としている。

――あの乳母は、どうしたのだろうか。

公孫龍が十歳になるまえに、乳母は王宮から去った。その後の消息を知らされたことはない。

――もしや、子瑞《しずい》は……。

いまだに行方がわからない召公祥の子に想念が飛んだ公孫龍は、さりげなく棠克の横に立って、

「子瑞どのが隠れたのは、乳母の家ではないか。乳母の家をさぐったか」

と、低い声で問うた。はっと目をあげた棠克は、

「そこまでは気づきませんでした。なるほど、乳母の家ですか。邯鄲にもどったら、人を遣《や》って調べさせます」

と、答えてから、二、三度小さくうなずいた。

召公祥が家臣を率いて狩りにでたとき、子瑞を伴《ともな》わなかった。そのときの子瑞の年齢が二十歳まえであったとはいえ、子瑞を邸宅に残す理由はなかった。召公祥は子瑞が十五歳になると、狩りにかならず同行させた。つまり、その日にかぎって子瑞に留《りゅう》守《しゅ》させた。おそらく召公祥は政敵に不穏《ふおん》な動きがあることを察知し、

「もしも自分が斃《たお》れたら」

と、最悪な事態を想定して、あれこれ子瑞にいいふくめてから出発したのであろう。その凶《わる》い予想があたって、召公祥は急襲されて横死《おうし》し、邸宅も破壊されて火をかけられた。

召公祥に随従していた棠克は、主君を掩護《えんご》するために奮闘したが、そのさなかに、

「なんじは数人を率いて自邸へ走れ。子瑞を護《まも》ってくれ。子瑞には万一にそなえて教えておいた。むざむざ死ぬことはないとおもうが、もしも死んでいたら、王子稜《りょう》に仕えよ。さらばだ」

と、召公祥にいわれた。これは命令なので、さからえない。周都にもどった棠克は、召公邸の惨状をまのあたりにして呆然《ぼうぜん》とした。やがて、われにかえった棠克は、子瑞の生死をたしかめようとした。翌日には、召公祥の死を知って、涕泣《ていきゅう》した。

数日後には、召公邸から逃げだした婢僕《ひぼく》をみつけて、話をきき、子瑞も脱出したことまではわかったが、それからの消息がまったくわからなくなった。狩猟地から周都にもどってきた家臣とともに子瑞を捜したが、ふと、

——家臣のなかに、敵に内通した者がいる。

と、気づき、いったんかれらから離れて、独りで捜索をおこなった。召公祥が狩りをおこなう日と道順を敵が正確に知っていて待伏せをおこなったということは、どう

いうことか。答えは、おのずとあきらかであろう。

召公祥を裏切った家臣がたれであるか、ようやく見極めた棠克は、ゆくえをくらませたその家臣への復讎《ふくしゅう》はあとですると心に決め、子瑞を捜しあぐねたこともあって、信用できる者にだけ声をかけて、公孫龍のもとにむかったのである。

——子瑞さまの乳母は、たれであったか。

その乳母は、子瑞が五歳になるまえに姿を消し、その後の子瑞の養育にあたったのは、傅《ふ》とよばれた重臣とその妻である。ちなみに傅は召公邸内で子瑞をかばって斬り死にした。召公祥の政敵である大夫《たいふ》が家臣をつかって子瑞を捜していたということは、子瑞が捕らわれたり斬られたりはしていないことを示唆《しさ》している。

——それにしても、子瑞さまはどこにおられるのか。

王子稜が公孫龍と名を変えて趙あるいは燕で商販《しょうはん》をおこなっていることを、子瑞が知らないはずはないのである。しかし事件から二年が経《た》ったのに、子瑞は公孫龍を訪ねてこない。棠克にとって、それが解《げ》せない。

恵文王を先導する兵が動いた。

ふたたび馬に乗った恵文王の頭上にひろがる緑は若く、それに陽光が滴《しずく》のようにあたると、碧玉《へきぎょく》のようにきらめいた。恵文王を護衛する兵はすべて黒衣《こくい》をつけているので、よけいに頭上の星座のような燿《かがや》きが神秘の美しさにみえた。

日が西にかたむくまえに森林はすっかり暗くなった。

巨大な土の壇《だん》の上に建てられた高い櫓《やぐら》をみた公孫龍は、

「あれは――」

と、周蒙に訊《き》いた。

「あれは、山林や沼沢《しょうたく》を見廻《みまわ》る虞人《ぐじん》の休息所です。狩りがおこなわれる場合は、本陣から上がる火を看《み》て、下の者に開始を告げるためにつかいます」

「なるほど」

公孫龍は周都にいたころ、赧《たん》王の狩りに従ったことがあるが、これほど大がかりではなかった。開始の合図は、旒《りゅう》(吹きながし)を樹《た》て、太鼓を打てば充分であった。

それにくらべると、趙王室の狩りは、本格的で、遊興の域を脱している。

――その差が、国力の差なのか。

周都へもどりたいとおもわなくなった公孫龍には、周王室への未練もほとんどないが、父の近くから賢良《けんりょう》な臣が消えているにちがいない現状を愁える心はわずかに残っている。

早い夕食を終えると、すぐに就眠《しゅうみん》である。やがて棠克に声をかけられて目を醒《さ》ましたが、梢《こずえ》のさきにみえる星の光はまだ衰えていない。半時後には、狩りが開始されるという。いそいで朝食を摂《と》り、準備にはいった。

——黎明《れいめい》が近い。

と、公孫龍がおもったとき、櫓の上にある太鼓が鳴った。あちこちで、開始、という声が挙《あ》がった。ほどなく鼓鉦《こしょう》の音がけたたましく鳴り、その音はとぎれることなく、また、移動もした。森林のなかの鳥と獣を本陣のほうに追うのである。その音は、眠っていた猛獣の目を醒まさせたであろう。

主《しゅ》父《ほ》の陰謀

天空が白くなっても、兵がもつ炬火《きょか》は消えない。

森林のなかに朝の光がとどくのは、半時《はんとき》後であろう。

馬上の恵文王《けいぶんおう》は炬火に護《まも》られながら、おもむろに馬をすすめた。その小集団の直後に公孫龍《こうそんりょう》と従者がいる。

頭上に音がある。晨風《しんぷう》が吹きはじめたのであろう。が、森林のなかに風はながれておらず、どんよりとした闇《やみ》をゆすぶろうとする鼓鉦《こしょう》の音があるだけである。

恵文王の麾下《きか》にあるのが右陣《ゆうじん》であるとすれば、宰相《さいしょう》の肥義《ひぎ》と東武君《とうぶくん》が指麾《しき》しているのが左陣《さじん》である。

左陣が鳴らしているにちがいない鼓鉦の音は右陣にはとどかない。それほど左右の陣は隔《へだ》たっている。平坦《へいたん》な地である中原《ちゅうげん》において、五万、十万という兵が衝突する戦場を想定すれば、本陣と左右の陣は目で確認できない距離にあると想《おも》うべきであろう。

——そこでの連絡方法は、どのようなものか。

いや、ここでの連絡方法にも、公孫龍は関心がある。火を使う方法があろう。当然、騎兵を駛《はし》らせる方法もあろう。日が昇れば、旗による命令の伝達も可能になるが、さすがにこの森林では旗は使えない。

——狼煙《のろし》を使う手もあるか。

そんなことを考えつつも、公孫龍は恵文王を囲む炬火から目を離さない。しかし森林のなかに馬をすすめやすい径《みち》があるわけではないので、恵文王に添《そ》う炬火が分散する場合もある。一瞬、恵文王を見失った公孫龍は、ふりかえって嘉玄《かげん》と洋真《ようしん》を呼び、

「王から離れぬよう、先導してくれ」

と、いい、二騎をまえにだした。ふたりには特殊な能力がある。夜目《よめ》にも人の姿がはっきりみえるにちがいない。

やがて、幹と枝の形が徐々《じょじょ》にわかるようになり、森林の色がよみがえると、炬火が消えた。恵文王の馬が速歩《そくほ》になった。狩りの楽しみはここからであろう。

ほとんど城の外にでることのない恵文王にとって、広大な森林のなかを走りまわることは、大いなる気晴らしになるにちがいない。ときどき現れる小動物には目もくれない恵文王は、鹿《しか》の出現を待っているようである。日が高くなっても、森林のなかには涼気《りょうき》がある。さほど汗をかくことなく恵文王の後方をすすんでいた公孫龍の視界に鹿が現れた。突然、恵文王の馬が速くなり、左右をすすむ従者の馬も速度を上げた。

鹿にむかって放った一の矢をはずした恵文王はくやしがり、猛然と鹿を追いはじめたのである。

ほどなく恵文王の馬が樹間《じゅかん》に消えた。

嘉玄と洋真は猛追するかたちで恵文王を捜したが、みつけられず、馬首をめぐらせて公孫龍に報告にきた。

「王には、近臣がいる。心配は要《い》らぬ」

公孫龍はそういったものの、念のため、従者を三組に分けて、恵文王を捜させた。

公孫龍からけっして離れない童凜《どうりん》は、

「王は従者の目からのがれて、のびのびとなさりたいのではありますまいか」

と、いった。

「おそらく、そうだろう。しかしこの森は深い。迷いはじめると、帰途を失いかねない」

公孫龍はあえてゆっくりとすすむことにした。恵文王が西へ西へと走っていれば、肥義と東武君がいる左陣に遭《あ》うことになるので、それは心配ない。問題は、北へ走った場合である。

公孫龍は目をあげた。多くの梢《こずえ》にさえぎられて日の位置がわからない。

ふたたび公孫龍は嘉玄と洋真をまえにだして、

「北へむかってくれ」

と、いった。

やがて蒸《む》し暑《あつ》くなった。全身、汗まみれになりそうで、息苦しくなった。

突然、三騎が現れた。一騎は周蒙《しゅうもう》である。かれは公孫龍をみつけるとすばやく馬を寄せて、

「困ったことだ」

と、ため息をまじえていった。恵文王を見失ったということである。

「王はご自身の位置をお知らせになるために、なにかをお持ちなのでしょう」

「馬上に、小鼓《しょうこ》がある。が、どこからもその音はきこえてこない」

「そうですか」

恵文王がその小鼓を落としていないのなら、まだ従者に発見されたくない、という意《おも》いがあるにちがいない。公孫龍はそう考えた。

それでも、こういう王室管理の森林でも、鉅鹿沢《きょろくたく》が近いだけに鳥獣が豊かなので、山賊や盗賊の住処《すみか》になりやすい。役人の目をぬすんで住みついたかれらに、恵文王が遭遇《そうぐう》すると、一大事である。あれこれ想いをめぐらせている公孫龍は、自身の狩りど

ころではない。

周蒙とは別れて北へすすんだ公孫龍は、

——ここだけは、まだ夜だ。

と、おもわれる暗い林間にはいった。森林には妖気《ようき》がただようところがある。薄気《うすき》味《み》悪さをおぼえた公孫龍は、こんなところに趙《ちょう》王はゆくまい、とおもい方向を変えようとしたが、

——いや、捜し残したところがあるのは、よくない。

と、おもい返して、暗さのなかをすすんだ。黒い雨がふりはじめた。いや、雨ではない。枝にいた蛭《ひる》が、人と馬の血を吸おうと、いっせいに落下したのである。

「やっ、これは——」

すばやく剣でそれらを払い、馬を急速にすすめた公孫龍は、広い窪地《くぼち》に走り込んだ。一面の苔《こけ》である。にぶい緑色の上に、踠《もが》くように脚を動かしている馬がいた。馬上で弓をかまえているのは、恵文王である。が、馬が静止しないので、弓も動きつづけ、矢を放てない。恵文王が狙《ねら》っているのは、と、遠くを視《み》た公孫龍は、

「やっ、虎《とら》だ」

と、慄然《りつぜん》とした。その虎は尋常な大きさではない。徐々に恵文王に近づいてくる。

そのふてぶてしさに独特な威《い》を感じた公孫龍は、

「王よ、射てはなりません」

と、声をかけた。すぐに馬首をならべて、弓矢を執《と》った公孫龍は、

「あの虎はこの森林の王なのです。あなたさまに会うために姿を現したのです。あの王にむかって矢を放てば、その矢はご自身をつらぬくことになります」

と、低い声でいった。この声にうなずいた恵文王だが、手はふるえ、顔はこわばっている。恐怖のあまり、動けなくなっていた、といったほうが正しいであろう。公孫龍の到着を知って、ようやく自身のあえぎから脱したのか、

「あの虎には、殺気はないのか」

と、話せるようになった。

「王の殺気が消えたので、虎の殺気も消えました。あの王は鳥獣を従えながら、この森林という王国のなかでは孤独です。そのことがおわかりになる唯一人《ゆいいつにん》があなたさまであることを、虎は知っています」

「おう、公孫龍よ、わかったぞ。あの虎は、神だ」

「なるほど、そうかもしれません」

公孫龍は恵文王の感性と想像力に感心した。あの虎が神であれば、その出現は、恵

文王に神託《しんたく》を下《くだ》すためであろう。

——なにを告げようとしているのか。

ふたりが見守るうちに、巨大な虎は止まって、恵文王を睨《にら》みつけた。恵文王はそのすさまじい眼光に耐えた。しばらくそういう状態がつづいたが、虎はふっと横をむき、おもむろに歩き去った。公孫龍は虎が横をむくときに微《かす》かに笑ったように感じた。しかもその笑いにさびしさがまじっていたと視たのは、公孫龍だけの感性であったといえよう。

虎の威容《いよう》が視界から消えた恵文王は、全身でため息をついた。そのあと、馬からずり落ちそうになった。一瞬、虚脱《きょだつ》状態になったのであろう。

片腕で、恵文王を支えた公孫龍は、

「よくお逃げになりませんでした」

と、耳もとで称《ほ》めた。小さくうなずいた恵文王は、わずかに涙をながし、

「背をみせれば、食われるとおもった……」

と、嗄《か》れた声でいった。

「そうです。あの虎は、あなたさまの勇気をためしたのでしょう。これからのあなたさまは、いかなる敵にも背をみせてはなりますまい」

「わかった」

恵文王はみずから馬上で姿勢を端《ただ》した。

「さあ、鹿を追いましょう。このあたりには、あの虎を恐れて、鳥獣はいないでしょう」

公孫龍は恵文王を誘導して窪地をでると、蛭が降る林を避けて、陽射《ひざ》しが幹を明るくしている疎林《そりん》を走った。疾走する影がある。

「鹿だ――」

恵文王の声にほがらかさがもどり、猛追して、恵文王の矢が鹿にとどいた。

「やったぞ」

喜笑《きしょう》した恵文王のもとに、近臣の三騎が駆け寄ってきた。一騎が周蒙で、かれは恵文王のうしろに公孫龍がいるのをみて、安心し、二騎をふりかえって、

「王がお仕留《しと》めになった鹿を本陣へ運び、主父《しゅほ》さまにおみせするのだ」

と、指示した。

ほどなく恵文王の左右に人が増《ふ》えたので、公孫龍はしりぞいて配下とともに狩りを楽しんだ。小さな沼をみつけた公孫龍は、馬をおりて、配下を休憩《きゅうけい》させた。さっそく嘉玄が公孫龍に近づき、

「あの虎には、おどろきました」

と、いった。

「われも、おどろいたよ。しかし、よくよく考えてみると、あの虎が森林のなかの秩序を正し、賊の侵入をふせいでくれている。もともと山谷《さんこく》は人の支配外にあるというのが古代からのきまりであると郭隗《かくかい》先生はおっしゃった。あの虎は、人が支配できるものと、人が支配できないものとがあることを、王に諭《さと》すために出現したともいえる」

「はあ、なるほど。趙は山林の伐採《ばっさい》が盛んですから、それを人の横暴《おうぼう》とみて、あの虎は王に警告したのでしょうか」

「それも、あるか」

公孫龍は嘉玄の血のめぐりのよさに感心した。趙は進歩した工業国という面をもっているが、その国力の盛栄《せいえい》の陰《かげ》に人としての不遜《ふそん》があると、天が災いをくだす。いかなる強者も、人との争いに無敗であっても、天と争って勝てるはずがない。

太鼓の音が熄《や》み、鉦《かね》の音だけがきこえるようになった。集合である。右陣と左陣は翼《つばさ》をすぼめ、本陣におさまるのである。といっても、本陣までの距離はかなりある。

主父は本陣にとどけられた獲物《えもの》を検分《けんぶん》し、功の上下をあきらかにし、功の上の者の

技量《ぎりょう》を称めた。鹿を恵文王が殪《たお》したと知った主父は、

「まことに、まことに――」

と、あえて大仰《おおぎょう》におどろいてみせた。東武君の獲物は小さかった。わずかにくやしさをみせたが、すぐに表情をあらためて、

「さすがに、王です」

と、明るくいい放った。このあたりに東武君の性格の佳《よ》さをかいまみることができる。

主父は猪《いのしし》を二匹獲《え》た。

集められた獲物は、この狩りに参加した者に、均等《きんとう》に分けられる。狩猟民族がおこなっていることであり、胡《こ》族との親和を好む主父は、そういうことに慣《な》れていた。平等とはこういうことであり、不平や不満がでにくい。貧富《ひんぷ》の差もでない。

――もしかしたら、主父はそういう世界を望んでいるのか。

公孫龍はふとそうおもった。しかし農産を国力の中心にすえざるをえない現状では、平等の実現はむずかしい。農業においては、土地への定着が必然であり、そこからは固有《こゆう》という思想が生じやすく、共有という思想は、一年じゅうおなじ土地にかかわっている農民の心身には適《あ》いにくい。

あたりは狩りを終えた者たちの自慢話が飛び交う交歓会となり、主父が東武君を随《したが》えて去ったあとも、恵文王が腰をあげないこともあって、多くの者が狩りの余韻《よいん》を楽しんだ。この場には席の上下はなく、恵文王は公孫龍のとなりに坐《すわ》って、

「あの虎が、今夜の夢にでてきそうだ」

と、ささやいた。恵文王が虎に遭遇したことは、側近さえ知らない。

「夢のなかでは、どうなさいますか」

「さあ、どうするか。矢を放つか、やめるか。夢のことは、夢のなかで決断するしかあるまい」

「わたしは王の夢のなかまで駆けつけることができません」

「そうよな。独《ひと》りで決めなければならぬ。となれば、現《うつつ》よりも夢のほうが恐ろしい」

恵文王は苦笑してみせた。が、その苦笑に毅然《きぜん》としたものが仄《ほの》めいた。現実の虎と対面したことが恵文王の心気《しんき》をたくましくしたのであろう。その機微《きび》は、公孫龍にしかわからないといってよい。

機微といえば、ひとつ些《さ》細《さい》なことが公孫龍の気がかりとなった。主父が東武君をつれて会をあとにするとき、恵文王を誘わず、声もかけなかったことである。おそらく主父は、代《だい》の安陽君《あんようくん》が到着すれば、三人の子を集めて話をするであろうが、そのまえ

にふたりの子とすごす時をもってもよいはずなのに、そうしなかったことに、公孫龍は首をかしげた。恵文王は繊細《せんさい》な心をもっているので、主父の感情の動向をさりげなくさぐっているにちがいなく、

——われは父上から嫌われはじめたのか。

と、すでに悩んでいるかもしれない。ただしその悩みを近臣にさとられないようにしている。ここでも暗い表情をまったくみせなかった。

兄の恵文王とちがって弟の東武君にとって、沙丘《さきゅう》の離宮ですごす時間は楽しさに満ちていた。父と密着《みっちゃく》して生活したことがない東武君は、おなじ宮室に父がいて、父の声にくるまれる毎日があることが、愉《たの》しくてたまらなかった。

狩りの翌日も、主父とともに遠乗りをした。

「勝《しょう》よ、なんじの馬術はずいぶん上達したな。公孫龍にだいぶ鍛《きた》えられたそうだが、それならわれとともに北辺《ほくへん》の荒土《こうど》を駆けられよう」

「まことですか。代よりはるか西に長城が築かれているとききました。そこまでつれて行っていただけるのでしょうか」

東武君の馬はすこし遅れて主父の馬にならび、低い沙《すな》の丘の上に立った。河水《かすい》が近い。

「勝よ、この河水が龍《りゅう》のような形をしていることを知っているか」

「存じません」

「いま看《み》ているこれが龍の尾の一部だ。頭は二千里も西北にあり、そこにわが国の長城がとどこうとしている」

　主父の鞭《むち》が天を指した。

「そんな遠くに、わが国を害する族がいるのですか」

「強悍《きょうかん》な匈奴《きょうど》という大族がいる。その族が大挙して南下すれば、中華の人々は河水のほとりに住めなくなる。河水は中華にとっていのちの水だ。それを匈奴に奪われないように長城を築いている。その工事はわが国のためというより、天下のためだ、わかるか」

「わかります」

　東武君は主父を仰ぐように視た。おそらく主父は長城の南に、人々が安心して住める邑《まち》を造ろうとしているのであろう。その壮大な構想に打たれた東武君は主父をますます強く尊敬した。

　宮殿にもどった主父は、側近のひとりである石窄《せきさく》を呼び、

「半時ほど、外で、勝の相手をせよ」

と、いいつけ、五人の側近を自室にいれた。

「あらためていうまでもないが、代の章《しょう》が到着したら、趙国を二分し、代を首都とする王国を章にまかせる。われは邯鄲《かんたん》へはもどらず、章とともに代へゆき、さらに西へむかう。そのまえに、公孫龍を殺す」

主父の声をきいた湛仁《たんじん》と華記《かき》の表情が驚愕《きょうがく》そのものとなった。ききちがえたのではないか、と眉《まゆ》をひそめた華記が、唇をふるわせつつ、

「惶《おそ》れながら、公孫龍はいまの王を二度も掩護《えんご》しただけではなく、中山《ちゅうざん》においては、敵の急襲をさまたげて、あなたさまを護りぬいた殊勲の者です」

と、いい、主父の再考をうながした。しかし主父は炯々《けいけい》たる眼光を五人にむけ、

「であるがゆえに、殺す。章をまじえた会が終われば、何《か》(恵文王)と勝それに肥義を帰す。そのあと、われが公孫龍と従者をここに招待する。かれらが宮殿にはいったら、兵でとり囲み、殲滅《せんめつ》する。あの主従は十倍の敵をも撃破する。われの百数十の兵では足りぬので、代の兵を借りる。五百の兵で囲めば、あの主従を討ち果たせるであろう。くれぐれも口外《こうがい》無用である。かれらの死体は、河へながす」

と、厳烈《げんれつ》にいった。なにゆえに、という問いをゆるさぬ表情と口調であった。公孫龍を殺す理由をいちいち五人に説《と》くわずらわしさをはぶいた。

公孫龍の器量は主父の三人の子のそれにまさっている。この明白な認識が主父の脳《のう》裡《り》に謀計を生じさせた。いつなんどきいまの周《しゅう》王が崩じて、公孫龍が周都にもどって即位するかもしれないのである。三十年も経《た》てば、その周王は玲瓏《れいろう》な威を発揮して魏《ぎ》王と韓《かん》王を従え、姫《き》姓の大勢力を構築するかもしれない。異姓の王が、周王にたいして頭を垂《た》れ、膝《ひざ》を屈する事態になれば、主父がここまでおこなってきた事業が虚《むな》しくなる。そのような未来はない、とたれが言い切れようか。

「趙にとって危険な萌芽《ほうが》は、いまのうちに剪《き》っておくにかぎる」

主父の心中のつぶやきは、そういうものであった。

この宮殿にほがらかな声が近づいてきた。東武君がかえってきた。かれは袋状の布を片手で掲《かか》げた。

「父上、雀《すずめ》をとらえました。飼ってよろしいでしょうか」

「よいとも、すぐに樊《とりかご》をもってこさせよう」

あえて機嫌のよい顔を東武君にむけて別室にさがらせた主父は、石笮を目でいざない、

「章は、いつ着くのか」

と、低い声で問うた。石笮は安陽君との連絡の任を負って、下僚《かりょう》を動かしている。

「昨日、柏人《はくじん》を通過しました。明日、ご到着です」

柏人は鉅鹿沢の西に位置する邑である。柏人と沙丘のあいだに鉅鹿沢があるので、直進はできず、大きく迂回《うかい》することになる。

「代の兵の数は――」

「千五百です」

「ずいぶん連れてきたな。寡《すく》ないより、善《よ》しとしよう」

主父は胸算用《むなざんよう》をはじめた。

じつは、このときの石笮の報告にはなかったが、安陽君と相《しょう》の田不礼《でんふれい》に率いられている騎兵集団は速度をあげて沙丘にむかっていた。

ただし安陽君と田不礼は、主父の意中をはかりそこなって、大いなる誤解のなかにいた。

この誤解の起因《きいん》となったのは、田不礼に伝えた石笮のことばである。先月、すべての臣が邯鄲に集合して、朝見《ちょうけん》をおこなった際に、安陽君がうなだれたまま元気を失い、弟の恵文王に屈膝《くっしつ》しているのをみた主父が、

「長子に生まれながら、不憫《ふびん》なことよ」

と、つぶやくようにいった。そのことばを、側近である石笮は交誼《こうぎ》のある田不礼に

伝え、

「主父さまは次子《じし》へ国をお譲《ゆず》りになったことを後悔なさっています」

と、つけくわえた。

「もっともなことだ。安陽君こそ、趙の国王にふさわしいと、ようやく主父さまはお気づきになったか」

大いにうなずいた田不礼は、いったん代へもどることにしたが、邯鄲を発《た》つまえに主父に呼ばれて、

「代に帰ったら、兵を集めよ」

と、命じられた。内命である。

――これは、どういうことなのか。

田不礼は首をひねりながら、安陽君とともに帰途についた。代に到着すると、すぐに兵を集めた。その直後に、主父の使者である石笮が急行してきて、

「沙丘にくるように、と主父さまの仰《おお》せです。離宮にはいるのは、主父さまのほかには、王と東武君それに肥義どのだけです。主父さまのご厚配《こうはい》をお察しになられよ」

と、告げ、下僚を残してすみやかに去った。

眉を揚げた田不礼は、ただちに安陽君と密談した。

「兵を集めておけという主父さまのご命令の意図《いと》がわかりました。主父さまは、王を邯鄲の王宮から、警備の手薄な沙丘へお移しくださった。われらはその王を急襲して殺せばよいのです。成功すれば、あなたさまが趙王なのです」

「父上はまだわれを愛してくださっていたのか」

一瞬、涙ぐんだ安陽君は、拳《こぶし》を上げて、喉《のど》が破れるほど吼《ほ》えた。

肥^ひ義^ぎの死

肥義の死

代《だい》の騎兵は夜行した。

沙丘《さきゅう》の南の森林には、恵文王《けいぶんおう》を護《まも》る近衛《このえ》兵がいる、とわかっているので、安陽君《あんようくん》と田不礼《でんふれい》は、麾下《きか》の兵を離宮の西北へまわした。

千五百の兵が、窈冥《ようめい》とした森林のなかに伏せた。

黎明《れいめい》にはまだ半時《はんとき》ほどある。

安陽君と田不礼の左右の者が火を焚《た》いた。草木が稠密《ちゅうみつ》なので、この火が外から発見されることはない。

風はなく、草も木の葉もそよがないが、焚《た》き火《び》の炎だけは揺《ゆ》れた。この火の近くに腰をおろした安陽君にむかって田不礼が、

「日が中天《ちゅうてん》にさしかかるまえに、あなたさまが趙《ちょう》王になれましょう。しかし南の離宮を襲うまでもなく、日が昇るころに、あなたさまが趙王になる妙計があります」

と、舌舐《したなめず》りをしながらいった。

「ほう、それは、どのようなものか」

安陽君は炎をみつめている。

「主父《しゅほ》さまの側近の石筰《せきさく》をつかって、王をおびきだすのです。さいわい石筰の下僚《かりょう》がこの陣にいますので、北の離宮の門が開くと同時に、かれを石筰のもとへ遣《や》り、石筰が主父さまの使者になりすまして、王をここまで連れてくれば、王の血がながれるだけで、ほかの血はまったくながれません」

「石筰は、そこまでやってくれるかな」

安陽君はおもい詰《つ》めているのか、田不礼のほうに顔をむけない。

「石筰は、もとは韓人《かんひと》です。あなたさまの母君が韓王室から趙王室へ嫁《とつ》ぐ際に、随行してきた者です。呉広《ごこう》の女《むすめ》の孟姚《もうよう》に后《きさき》の位を奪われたあと、石筰は後宮の侍女をつかって、孟姚の首を締《し》めさせました。それがうまくいっていれば、あなたさまの母君は后の位に復帰できたのです。が、孟姚が息を吹きかえしたため、復位はかなわず、あなたさまの母君は失意のうちにお亡《な》くなりになりました。石筰にはその怨《うら》みもあり、韓王の血を引くあなたさまを趙王にするためであれば、きわどいことでも、平気でおこないます」

「ああ、石筰の忠誠がどれほどのものか、われは知らなかった」

ようやく安陽君は田不礼にまなざしをむけて、くりかえしうなずいてみせた。

石笮がもとの后の侍女をつかっておこなわせたことは、暗殺であるが、孟姚が死ななかったため、殺人未遂となった。むろんその後に後宮で調査がおこなわれた。が、石笮は武霊《ぶれい》王の近臣であるという立場を利用して、たくみに誣告《ぶこく》をおこない、側室である渠杉《きょさん》の妹に罪をなすりつけて、急場をしのいだ。石笮にとって、もとの后の邪魔者にすぎない渠杉の妹も、かたづけておきたいひとりであったにちがいない。

田不礼は焚き火の近くで筆を執《と》り、牘《とく》に計画の要旨を書くと、石笮の下僚を呼び、

「そこもとは北の離宮の門が開くと同時になかにはいり、石笮どのにこれを渡してもらいたい」

と、いい、布《きれ》で包んだ牘を与え、林の外にだした。

――これで、趙王のいのちは、朝露《ちょうろ》のごとく消える。

ほくそえんだ田不礼は、一兵も損することなく恵文王を始末できるこの隠微《いんび》な策を立てた自分を褒《ほ》めたくなった。一時後に、恵文王は死体となり、安陽君が嗣《し》王《おう》となる。すると、当然のことながら、自分が肥義《ひぎ》に替《か》わって宰相《さいしょう》となる。田不礼の想像は、先へ先へとすすんでゆく。

夏の夜明けは早い。

北の離宮の門も、鶏鳴《けいめい》とともに開いた。直後に、門前に到った一騎が、

「安陽君の使者です。主父さまのご側近への連絡のために通ります」

と、門衛に告げて、駆けぬけた。

それからほどなく漆塗《うるしぬ》りの馬車が門をでて、南の離宮へむかった。

おなじころ、公孫龍《こうそんりょう》は嘉玄《かげん》と洋真《ようしん》だけを従えて、南の離宮の別室で、周蒙《しゅうもう》と朝食を摂《と》っていた。昨日、周蒙から、

「頼みがある」

と、いわれ、黎明直後の朝食をつきあわされたのである。

「今日、安陽君が到着する。たぶん到着は午後だ」

箸《はし》を置いた周蒙は浮かない顔である。食欲がないのか、ほとんど朝食に箸をつけていない。

「なにがご心配なのですか」

「奇妙だとはおもわぬか」

そういいつつ周蒙は自分の膝《ひざ》を撫《な》でた。どうしようもない不安と苛立《いらだ》ちをなだめているようにみえる。

「奇妙ですか」

「奇妙も奇妙……、これにまさる奇妙はない」

周蒙は膳《ぜん》を払って、膝をすすめ、上体をかたむけた。声が低くなった。

「さきの群臣朝見《ちょうけん》のあと、安陽君を代へ帰したことよ。主父さまが三人の子と沙丘で遊び、いいきかせることがあるのなら、安陽君を邯鄲《かんたん》にとどめておき、ここへ帯同《たいどう》なされればよいのに、そうなさらなかった。なにゆえか、それがわからぬ」

周蒙は首をふった。

「沙丘での遊畋《ゆうでん》は、安陽君がお帰りになってから、おもいつかれたのではありませんか」

「そんなことはない」

周蒙は断定するように声を高めた。沙宮の離宮を管理する役人にたずねたところ、主父が沙丘で遊行する日はあらかじめ告げられており、数百人をつかって宮殿の内外の清掃をおこなったという。

「安陽君が遅れて到着することも主父さまは役人に告げ、食べ物の量もこまかく指示なさった」

「はあ――」

公孫龍も箸を置いた。

「安陽君が到着したあとの食べ物の量が急増している。その量からすると、安陽君の従者はすくなくとも千人はいる。その千人が騎兵であるとすれば、多すぎはしないか」

よく調べたものである。公孫龍は感心して周蒙をみつめた。しばらく黙って考えていた公孫龍は、

「つまり、こういうことですか」

と、口をひらいた。主父の最初の予定では、三人の子をともなって沙丘へゆくつもりであったが、安陽君の従者が寡《すく》ないことに気づき、いったん安陽君を代へ帰し、衆《おお》くの兵を率いて沙丘へくるように指示した。

「そういうことですか」

「まちがいない」

膝を拳《こぶし》で打った周蒙は、その代の兵の到着を待って狩りをおこなうのであれば、わかるが、狩りはすでにおこなわれたのに、なにゆえそんな多数が要《い》るのか、それがわからぬ、と、いった。

「主父さまの従者は百数十ですね。もっと多くの兵を率いてくることはできなかったのですか」

と、公孫龍は問うた。

「兵権に関しては、主父さまはそれを王に委譲《いじょう》なさった。したがって、主父さまでも、王の許可なく、兵を徴《め》すことも動かすこともできない。ただし代はこの規制の外にある」

「なるほど……」

浅くうなずいた公孫龍に、周蒙は、

「頼みたいのは、いま沙丘にむかっている安陽君の兵の数とようすを調べてもらいたいということだ。われらは王のお側《そば》から離れるわけにはいかない」

と、いった。

「たやすいことです。ただちに、このふたりを遣らせます」

ふりかえった公孫龍が嘉玄と洋真に目くばせをおこなったとき、宮殿内のけはいが変わった。ちょっとしたざわめきがあったようで、あわただしく足音が近づいてきた。

別室に顔をみせたのは恵文王の側近のひとりで、

「王がおでかけになる」

と、早口でいった。

「えっ、こんなに早くに……、どこへ……」

周蒙は眉《まゆ》をひそめ、起立した。

「主父さまのお招きだ。ただし――」

その側近は急に声を低くした。うつむきかげんに話をきいていた周蒙は、突然、目つきをかえた。

「王が、おひとりで、とは解《げ》せぬ」

別室を趨《はし》りでた周蒙は、宮殿の外まででて、一乗の馬車を確認した。黒光りのする漆塗りの馬車で、その近くに恵文王の出御《しゅつぎょ》を待つ石筐の姿がある。

――石筐が迎えの使者か……。

さらに不審《ふしん》がつのった。石筐は田不礼に款《かん》を通じているといううわさがある。宮殿にもどった周蒙は、肥義の佐官である高信期《こうしんき》と目を合わせた。ふたりの疑念は一致している。たとえ主父の招きであっても、恵文王がひとりの従者もなく外出するのは異様である。ふたりが柱のかげで密談をしていると、恵文王と肥義があらわれた。すかさずふたりは恵文王に跪拝《きはい》して、

「主父さまから内密のお話があるにせよ、このお迎えは怪《あや》しむべきです。再度のお招きの使者がくるまで、おとどまりください」

と、諫《いさ》めた。が、主父の厳しさを知っている恵文王は、

「父上は、二度もおなじご命令を下されない。二度目の使者はお怒りを伝えにくるで

あろう。むこうには弟の勝《しょう》もいることだ。ふたりそろって兄の到着を待てという父上のご意向であろう」

と、いい、歩をすすめて外にでようとした。が、恵文王のうしろにいた肥義が、

「惶《おそ》れながら――」

と、強い声を発してまえにでた。かれは恵文王の足もとで片膝をついて、

「たとえ主父さまのご命令でも、疑ってかからねばならぬときがあります。安陽君を、王と東武君が出迎えるなどという仕儀《しぎ》は、きかされておらず、それがしにお招きがないのも解せません。大事な話は、それがしがいる場でなさる、というのが主父さまのご内意です。それを変更なさるのなら、そのわけを、それがしがうかがってまいります。どうか、みだりにお動きになりませんように」

と、仰首《ぎょうしゅ》して恵文王をみつめた。それからおもむろに起《た》って、馬車のほうにむかい石箸に声をかけた。肥義が馬車に乗るとわかった石箸は、困惑した態《てい》で、

「あなたさまをお迎えにきたわけではありません。主父さまは、王を、と仰《おお》せになったのです」

と、難《なん》ずるようにいった。

「わかっている。われは王を輔弼《ほひつ》する身として、急なお召しのわけをうかがわねばな

らぬ。はやく出しなさい」

肥義は厳然《げんぜん》といった。恐縮しながらも石笮は、動かず、

「これでは、わたしは主父さまに叱《しか》られます」

と、粘《ねば》り腰《ごし》をみせた。

「なんじが主父さまの叱責《しっせき》を恐れるのなら、ここに残るがよい。われは独《ひと》りで主父さまにお目にかかる」

そういいつつ肥義が踏み台に足をかけ、車にのぼるための綏《すい》をつかんだので、あわてて車に飛び乗った石笮は、内心舌打ちをしながら、

「それでは——」

と、いって、綏をたぐって肥義を車中に立たせ、手綱《たづな》を執った。馬車は離宮の門外にでた。それを見送った周蒙は、

「いやな予感がする」

と、つぶやきにしては大きすぎる声でいった。うしろにいた公孫龍が、すかさず、

「あの馬車を、ふたりに蹤《つ》けさせました。ここの馬をお借りしました」

と、いった。ふりかえった周蒙は、

「さすがの早業《はやわざ》よ。主父さまが王だけをお招きになったのは、すでに安陽君が到着し

ている、とも考えられる。しかし……、馬車をさしむけられたのが、どうにも解せぬ。安陽君が到着したのなら、まっさきに安陽君の使者がここにくるか、あるいは、主父さまの使者が騎馬できて、北の宮殿へくるように、と王と肥義さまに告げるはずなのだ」

と、疑問をくりかえすようにいった。

「主父さまの側近は、何人《なんにん》かおみうけしましたが、あのかたは、はじめてみました」

「あの者は、石筰という。もとは韓人だ。良い評判のない男で、田不礼と交誼《こうぎ》があるともいわれている。主父さまと王のあいだの機密《きみつ》にかかわる使者は、ほぼ決まっており、石筰ではない」

「なるほど、怪しいですね」

「ゆえに、肥義さまの身に禍《わざわ》いがふりかからぬことを禱《いの》りたい」

周蒙は愁色《しゅうしょく》をたたえたまま恵文王のもとにもどった。直後に、公孫龍は客殿へ走った。従者は朝食を終えて笑談《しょうだん》をしていた。

公孫龍はかれらの顔をみるまえに、大声を放った。

「甲《よろい》をつけて、武器を執れ。馬にも革《かわ》をかぶせよ。まもなく戦いになる」

これは勘である。むろん、この勘ははずれてくれたほうがよい。しかし人の直感は未来を透視することができる場合もあり、感じたことを理屈で枉《ま》げるべきではない。

自身も甲をつけた公孫龍は、棠克《とうこく》に指図を与えてから、童凜《どうりん》と白海《はくかい》のみを従えて騎馬で宮殿に行った。

「ご免《めん》、王にお目にかかる」

奥に突きすすんだ三人を視《み》た周蒙は、

「その武装は、どうしたことか」

と、おどろき、とがめた。するどく見返した公孫龍は、

「周蒙どの、ご自身の予感を大切になさいませ。あの馬車を蹤けたふたりの報告を待っていては、手遅れになります。門を土で塞《ふさ》いでください。弩《ど》を高所にすえてください。牆《しょう》の上に楯《たて》をならべてください」

と、大声でいい、恵文王の室《へや》に近づいた。噪《さわ》ぎをきいた恵文王が室外にでてきた。

「やっ、龍よ、その身なりは——」

公孫龍は跪拝した。

「未曾有《みぞう》の凶事が迫っています。王も、甲を召されよ。南にいる近衛兵をすべて宮殿にお移しになって、防禦《ぼうぎょ》をお命じになってください。万一にそなえて、白海をおそばに残しておきます」

恵文王は唖然《あぜん》とした。側近も踟躇《ちちょ》するばかりで判断がつかない。

「そのようなことをすれば、われが父上に叛逆《はんぎゃく》する、とみなされてしまう」

恵文王の呼吸が荒くなった。

「賊が離宮に侵入したことになさればよい。なにごともなければ、訛伝《かでん》であった、と主父さまに弁解なされればよい。けっして逡巡《しゅんじゅん》なさってはなりませぬ」

恵文王のうなずきをみるや、公孫龍は引き返して周蒙に会い、

「邯鄲へ急使を発する準備をなさいませ」

と、いった。そこに高信期がきた。かれは公孫龍と親しいわけではないが、公孫龍が趙王室にどれほど貢献《こうけん》したかを知っている。かれは公孫龍の甲姿をみとがめて、

「敵も賊もいないのに、たれと戦うつもりか」

と、問うた。

「失礼ながら、あなたさまは視たものを、視ないとおっしゃっています」

「なんだと――」

「あの石笮は、主父さまの使者ではなく、賊の手先であり、肥義さまを拉致《らち》したのです。それを目撃なさったでしょう。事実を確認するころには、この宮殿は賊に包囲されています。あなたさまが、肥義さまに代わって、兵を指麾《しき》なさり、王を守りぬかね

ばなりません」

人の心の深いところまでとどく強い声である。公孫龍がもっている威《い》をはじめて感じた高信期は、

――ただものではない。

と、さとった。

高信期と周蒙だけではなく、この宮殿のなかにいるすべての者の表情が変わった。恵文王は甲をつけるまえに近衛兵に命令をくだした。この突然の命令にとまどいつつも、近衛兵である五百人は馬とともに移動を開始した。

このとき、すでに肥義は殺されていた。

南の宮殿をでた石窖の馬車が北の宮殿へむかわず、西へむかったので、

「方向がちがうようだが……」

と、肥義は軽く叱った。が、石窖は平然と、

「主父さまと東武君は、西の林で安陽君をお迎えになり、そこから北の宮殿へむかわれます」

と、答えた。すると肥義は幽《ほの》かに笑い、

「石窖よ、よくもそんな妄《うそ》をこしらえたものよ。安陽君が趙王の臣であるかぎり、沙

丘への到着を、まず趙王にお報《しら》せすべきである。主父さまを介して、趙王を出迎えさせることなど、あってはならぬし、あるはずもない。なんじが安陽君と田不礼に通じ、王をたばかろうとした逆臣であることは、あきらかである。馬車を停《と》めて、おりよ。さもなくば、斬らねばならぬ」

と、剣把《けんぱ》に手をかけた。

ところが手綱を引こうともしない石笮は、肩をゆすって笑った。

「宰相さま、この世が陰《いん》と陽《よう》でできていることはご存じでしょう。今日の臣下が明日には王になるように、逆臣は忠臣に変わるのです。あなたさまが趙という国家を支える貴臣でありつづけたいのなら、剣から手を離さなければなりません」

「この期《ご》におよんで、なおも虚威《きょい》を張るとは、よい度胸《どきょう》だ。地に墜《お》ちてから、そのたわごとをつづければよい」

肥義は剣をぬいた。とたんにその剣は、戟《げき》の刃に搦《から》めとられた。いつのまにか騎兵が出現し、馬車と並走した。馬車の前後左右の騎兵の数が増え、そのまま走りつづけて、西の林に到った。

騎兵の戟に囲まれた肥義は、馬車をおりて、安陽君のまえにすえられた。安陽君は不快げに、

「われは弟を招いたのに、やってきたのは余命のとぼしい老臣か。肥義よ、弟への忠義だてをやめよ。夕《よる》を待たずに死ぬ王に尽くしたところで、得るものは虚《むな》しさだけだ」

と、いって、睨《にら》んだ。肥義は、はっきりと仰首して、安陽君をみつめた。

「あなたさまは心得《こころえ》ちがいをなさっています。主父さまの子への愛情にかたよりはなく、また濃淡《のうたん》もありません。このたび主父さまは代という王国をあなたさまにお授けになるために、沙丘にお招きになったのです。主父さまは代へお移りになり、あなたさまとともにその王国を拡充《かくじゅう》なさるつもりです。その甲を脱《ぬ》ぎ、武器を偃《ふ》せて、主父さまのもとへ往《ゆ》かれよ。この老体が、御《ぎょ》をつかまつりましょう」

肥義がそういうと、安陽君は顔をそむけて苦笑した。

「不礼よ。この老人は父上のご真意をなにも知らぬようだ。王位を襲《つ》ぐのは、長子であるべきだ、と父上はお気づきになり、われに趙国をお授けになろうとしている。その障害になる者を消せ、と暗にお命じになった。宰相である肥義をここで消してもよいが、肥義は祖父の粛《しゅく》侯をよく輔《たす》けたという功に免じて、ここに残しておく。それでよいか」

「ご随意に——。さあ出発します」

田不礼は馬に乗り、麾下の兵を始動させた。田不礼の隊が先鋒《せんぽう》である。安陽君も馬に乗るべく歩きはじめた。突然、地を蹴《け》って起った肥義が安陽君の甲の袖《そで》をつかみ、

「なりません。田不礼に騙《だま》されてはなりません」

と、いった。かつて、武霊王に第一子が生まれたとき、群臣はこぞってことほぎ、肥義も賀辞《がじ》を献じたひとりである。その第一子が王室の内情によって、すすむべき道を曲げられ、弟にむかって屈膝《くっしつ》しなければならない不運に、肥義は憐憫《れんびん》を寄せなかった。群臣の多くがそうである。その怨みを、いま安陽君は晴らそうとしている。しかしながら、武力による報復は、浅慮《せんりょ》にすぎる、と肥義は哀《かな》しくなった。本当の報復は、徳によってまさることである。まだ安陽君は若い。二十六歳である。徳を十年、二十年と積んでゆけば、おのずと不運は幸運に変わる。その意《おも》いが、甲の袖をつかんだ指にこめられていた。

「ええいっ、はなせ」

安陽君は身をよじり、肥義の腕をつかんだ。そのとき肥義の目に浮かんだ涙をみた。

直後に、肥義の眉宇《びう》から生気が消えた。

田不礼の家臣である草奇《そうき》が、馬上から戟によって肥義を刺殺した。

一瞬、草奇を睨んだ安陽君は、地に臥《ふ》せた肥義を瞥見《べっけん》するや、無言で馬に乗った。

日が昇った。

田不礼に馬と甲などを与えられた石笮は先鋒の隊に追いついた。馬をならべた石笮をみた田不礼は、

「なんじがしくじるから、こうなったのだ」

と、苦《にが》くいった。

「急なことなので、あれでも、せいいっぱいやったのです。肥義さえいなければ、王は馬車に乗ったのです」

「まあ、いい……。王がいる離宮にどれほどの人数がいるか」

「守備兵をいれて、せいぜい五十人です。南の林に近衛兵が五百ほどいますが、かれらが駆けつけてくるころには、王は首を失っているでしょう」

石笮は天を仰いで笑った。

沙丘の乱

まず、一騎がもどってきた。

洋真《ようしん》である。

離宮は恵文王《けいぶんおう》を護《まも》るための武装のさなかであり、すでに表門は土によって門扉《もんぴ》がかくされた。その外で洋真を迎えた公孫龍《こうそんりょう》は、馬に乗ったまま報告をきき、くりかえしうなずくと、

「裏門へまわって、周蒙《しゅうもう》どのにお報《しら》せせよ」

と、指示し、天空を睨《にら》んだ。

——なぜ兄弟が死闘をおこなわなければならないのか。

いちどは正嫡《せいちゃく》となった安陽君《あんようくん》は、自尊心をどうしても棄《す》てられず、弟に平身低頭するくらいなら死んだほうがましだ、と忿怨《ふんえん》し、この挙《きょ》におよんだのであろう。公孫龍も安陽君と似た立場にあったとはいえ、安陽君には同情しない。

——死んだほうがましなら、いちど死んでみるとよい。

王になったら、なんでもおもい通りにできるわけではなく、むしろもっとも不自由

な存在になることが、平民になってみればわかる。それが死ぬということであり、いちど死んでから生きるということでもある。それを安陽君に気づかせ、善導《ぜんどう》してゆくのが相《しょう》であるはずなのだが、田不礼《でんふれい》は貪婪《どんらん》で、おのれの欲望を実現するために安陽君を利用し、煽《あお》っているようにみえる。それを想《おも》うと、

——召公祥《しょうしょう》はりっぱであった。

と、公孫龍はつくづくおもい、その死が悔《く》やまれる。死にかけた人を活《い》かせる者がこの世に何人《なんにん》もいるわけではない。そういう認識をふまえれば、公孫龍は幸運であり、安陽君は不運である、ともいえる。

「遅いな……」

洋真とともに石笮《せきさく》の馬車を蹤《つ》けた嘉玄《かげん》のもどりが予想以上に遅い。公孫龍は自分の不安と苛立《いらだ》ちをおさえるように、おもむろに馬をすすめた。嘉玄ほどの男がむざむざ敵兵に捕らえられるはずがない。そう自分にいいきかせながら、一騎の帰りを待った。視界のなかに孤影《こえい》が生じた。

——嘉玄にちがいない。

公孫龍は馬のすすみを速めた。馬を疾走させてきたのは、まぎれもなく嘉玄であり、かれは公孫龍を認めると、

「代《だい》の兵が迫っています」

と、大声でいった。

嘉玄の後方に濛々《もうもう》と砂塵《さじん》が立った。

——やはり、きたか。

予想したこととはいえ、事態は最悪である。公孫龍があれこれ問うまえに、嘉玄は馬首を寄せて、

「肥義《ひぎ》さまの生死はわかりかねますが、おそらく、斬殺《ざんさつ》されたでしょう。代の兵の数は、千をはるかにこえています」

と、告げた。

「わかった」

五百余の兵で三倍の数の敵兵と戦うことになる、と公孫龍は心算《しんさん》を立てた。すでに急使は離宮を発《た》って邯鄲《かんたん》へむかっているはずである。邯鄲からくる援兵が沙丘《さきゅう》に到着するまで恵文王を守りぬけば、勝ちであり、それができなければ負けである。要するに、日没まで耐えぬけば、活路はみえてくる。

馬首をめぐらして離宮の裏門へいそいだ公孫龍は、門内で下馬《げば》するや、

「代兵、急襲——。われらに退路はない。死戦あるのみ」

と、門内の兵にむかって叫び、その叫びをくりかえしながら、奥にはいった。公孫龍の声をきいて周蒙が趨《はし》ってきた。

「肥義さまは――」

「残念ながら、もはや生きておられぬかと――」

「田不礼め」

周蒙は床板を踏み破らんばかりに怒り、嘆いた。

表門のほうから喊声《かんせい》がながれてきた。代兵が寄せてきたらしい。目つきをかえた周蒙は、公孫龍に黒色の旗を渡した。

「裏門の守りは、そなたに任せよ、という王の仰《おお》せで、これを掲《かか》げよ」

黒色の旗は、趙《ちょう》王から指麾《しき》権をさずけられたという証《あかし》である。

「うけたまわった」

旗を両手で受けた公孫龍は、きびすを返して、殿舎の外にでた。すぐに旗を高々と掲げた公孫龍は、庭内の兵にむかって、

「裏門の防禦《ぼうぎょ》は、この公孫龍がうけたまわった。かたがたとともに死力を尽くして王を護衛する。夕闇《ゆうやみ》こそ、われらの最大の援助だ。それが至るまで、闘いぬこう」

と、大声で訓告《くんこく》した。近衛《このえ》兵の大半は表門の守護にまわっている。かれらを指麾し

ているのは高信期《こうしんき》であるが、肥義の佐官というべきかれの用兵の能力がどれほどであるかは、たれもわからない。

――気の勁《つよ》い人である。

それは公孫龍にもわかったが、用兵となると、気魄《きはく》がすぐれていても、うまくいくわけではない。

公孫龍は裏門をみつめた。その門は、まだ閉じさせていない。

――まにあわないか……。

そうおもったとき、棠克《とうこく》ら数人が門内に飛び込んできた。公孫龍をみた棠克は、

「おいいつけ通りの手配を終えました」

と、荒い息で告げた。

「よくやってくれた」

棠克の肩を軽く打った公孫龍は、門の脇《わき》で待機している十数人の兵に、

「門を閉じ、土で固めてもらおう」

と、声をかけた。裏門は一乗の馬車しか通れないという狭さであり、その左右の牆《しょう》は、風と砂を防ぐために、そうとうに高い。表門のそれとはだいぶちがう。裏門を守る兵は、公孫龍の配下をふくめて、百四、五十人であるが、

——ここは、それで充分だ。

と、公孫龍はみている。むしろ破られる恐れがあるのは、表門の守りである。

やがて角笛《つのぶえ》がきこえた。まもなく戦闘にはいることを庭内の兵士に告げる音である。裏門をかくす盛り土は完全ではないが、ここを守りぬくという兵士の心構えには強靭《きょうじん》なものがある。趙王何《か》はまだ十六歳という若さであるが、臣下をそういう心情にさせる徳をもっている。

牆の上には楯《たて》を林立《りんりつ》させた兵が六十人ほどならび、矢を執《と》り、弓を構えた。角笛が太鼓の音にかわった。

「きたか」

目をあげた公孫龍の視界が暗くなった。敵兵の放った矢が、黒い雨のように、ふりそそいだ。楯が鳴る音はすさまじい。その音のなかを、楯とともに童凜《どうりん》が趨ってきた。童凜は屋根に登って敵兵を観察していた。

「敵兵は二千もいません。それゆえこの離宮を包囲できず、表門と裏門だけが戦場となります」

「はは、田不礼はすでにしくじったのだ。趙王を誘殺《ゆうさつ》するような小細工をせず、いきなりここを襲えば、われらはひとたまりもなかった」

「攻城《こうじょう》用の大型兵器はみあたりませんでした」

「そうであろう。大急ぎできたのだ。行軍の速度を落とさせる兵器を曳《ひ》いてくるはずがない」

公孫龍の懸念《けねん》は消えた。敵には城門を破る衝車《しょうしゃ》も、牆壁を越える雲梯《うんてい》もない。

突然、牆上にいた数人の兵士が顚落《てんらく》した。かわりに代兵が牆上に立った。直後に、庭内にいた射手がその代兵を射殺した。公孫龍は射程の長い大弓をつかった。牆を乗り越えてきた代兵をみのがさなかった。また庭内を十数騎の騎兵に見張らせ、どこからか、なだれこんできた代兵に当たらせた。

――敵の鋭気は一日中つづくものではない。

裏門にはたぶん五百ほどの代兵が寄せてきて、間断なく攻撃をつづけているが、こちらの守備陣に大くずれはない。公孫龍は日の位置をたしかめつつ、兵に励声《れいせい》をかけた。戦闘がはじまって二時《ふたとき》が経《た》ったころ、牆上の兵が二、三人おりてきて、公孫龍のもとに報告にきた。

「敵兵が極端《きょくたん》に寡《すく》なくなりました。裏門攻めがむずかしいとみて、表門へ兵をまわしたのではありますまいか」

「ほう――」

公孫龍は自分の目で敵状を確認すべく、それらの兵とともに牆上に登った。なるほど代兵は退いて、百数十人が馬とともに集団としてとどまっている。その姿勢としては、裏門を攻めるというより、裏門から出撃する兵を遏防《あつぼう》するようである。

――あれは敵の詐術《さじゅつ》か。

いま出撃すれば、あの騎兵集団を撃退することができる。ところが裏門の守りが弱くなり、そこを衝《つ》かれないとはかぎらない。ここでの公孫龍の任務は、敵兵に勝つことではなく、恵文王を守りぬくことである。

――出撃するのは、やめた。

牆上からおりた公孫龍は煙を瞻《み》た。

「楼台《ろうだい》が燃えています」

洋真が顔色を変えた。恵文王が最後の抗戦をおこなうのが楼台であれば、いままさに追いつめられたことになる。が、公孫龍はあわてることなく、

「王の近くには白海《はくかい》がいる。もしも王に敵の戈矛《かぼう》が迫っていれば、楼台へ逃げずに、裏門へくることになっている」

と、おしえた。

「あっ、さようですか。しかし裏門を出ても、沙丘しかなく、追撃されれば、防ぎよ

うがありませんが……」

「いや、大河が防いでくれる。すでに棠克が渡船《とせん》の準備を終えている。敵には船がない。王がその船にお乗りになれば、一両日《いちりょうじつ》の安全は確保できよう」

公孫龍は最悪の事態を想って、手を打った。それは弱者の思想からでた手段であろうが、洋真のみるところ、公孫龍はけっして弱者ではない。人をおもいやる心の有無《うむ》の問題であろう。恵文王の近くにいる者のなかで、公孫龍のような発想をもち、すみやかに実行した者はひとりもいまい。かれらは命令されることに馴《な》れ、独創を忌《い》み、王のための敢死《かんし》こそが忠義の表現であると信じている。

——だが……。

洋真は公孫龍をみていると、人をほんとうに助けようとするのであれば、けっして死んではならず、自身をも助かる工夫をすべきなのだ、と痛感した。

公孫龍は裏門での激闘が熄《や》んでも、表門のほうへ人数をまわさなかった。ところで、早朝にこの離宮に兵をむけた安陽君は、厳重にほどこされた防備を看《み》て、嚇《かっ》とした。

「四、五十人が守っているだけの離宮ではなかったのか」

おもわず怒声を放った。

側近のひとりが、

「内通者がいたのかもしれません。敵の虚を衝けないのなら、すみやかに兵を返して、代で戦われるべきです」

と、進言した。

「内通者……、ふむ、石笮がそれか。しかし、兵を返すには遅すぎる」

安陽君が舌打ちをしたように、先陣である田不礼の兵が攻撃を開始していた。一時《いっとき》半が過ぎるころに、牆の一部を崩して庭内に突入した兵が楼台にむかって火矢を放つようになった。

「王はあそこぞ、焼き殺せ」

この田不礼の声がくりかえされるうちに、火矢はますます増えて、ついに楼台は炎上した。

「やったぞ、勝った」

田不礼だけではなく代兵の多くは歓声を挙《あ》げたが、高信期の麾下《きか》の近衛兵はうろたえず、ひるみもしない。代兵の疲れを待っていたかのように、反撃に転じた。内心うろたえたのは田不礼のほうで、

——最初から、王はこの宮殿内にいなかったのではないか。

と、疑い、日がかたむくまえに兵を引いた。安陽君は本陣にもどってきた田不礼に、

「なにゆえ攻撃をやめたのか」

と、叱声《しっせい》を浴《あ》びせた。今日中に弟の首を獲《と》るつもりの安陽君にとって、田不礼の攻撃のしかたはものたりなかった。焦《あせ》りの色を浮かべて苛立っている安陽君にむかって、

「王の近くで策を講じている者がいます。すでに王が離宮の外にでているとも考えられますので、よく調べてから、明日の攻撃をおこないます」

と、あえて沈毅《ちんき》さをみせた。

「むこうに策を講じさせた者が、わが陣にいる。石笮が内通したのだ。石笮を捕らえて拷問《ごうもん》せよ」

「そのような――」

田不礼は諫止《かんし》した。が、安陽君はそれを聴かず、左右に命じた。捕縛《ほばく》された石笮は笞《むち》で打たれつづけ、翌朝には、死人同然となって草棘《そうきょく》にころがされた。

田不礼は離宮を攻撃するまえに、街道を監視する兵を配した。離宮を発つ使者を抑《おさ》えるためである。が、かれらからの報告では、邯鄲へむかった軽騎兵はおらず、まして恵文王とその護衛集団などはみていないという。かれらが配置につくより早く急使が南下したという事実を、田不礼は知らない。

――解《げ》せぬ。

田不礼の思考では、こうなる。恵文王は邯鄲へ援兵を求めないで、戦いつづけることになる。沙丘から邯鄲までは、およそに二百里あり、沙丘の異変を邯鄲にいる大臣と重臣がうわさで知るのは、早くても二日後であろう。それから兵を集めて、沙丘に駆けつけるのに、また二日かかる。

――あの王は、独力で、四日間戦いぬくつもりか。

笑止千万《しょうしせんばん》というしかない。主父《しゅほ》に助けを求める手がないことはない。が、今日の主父はいっさい動かず、南の離宮での攻防を冷ややかに遠望していた。

が、田不礼は心から笑うことができない。恵文王の側近は、王をどこかに隠しているのではないか。楼台が炎上しても、あわてふためくようすがなかったということは、王が楼台から遠い位置にいることを、みなが知っていたことになろう。

――まさか……。

急に腰をあげた田不礼は、十数人の配下を従えて、無人の客殿にはいった。

「かくし部屋があるかもしれぬ。壁をこわして、調べよ」

この指図のもとで、従者は丹念に調べたが、かくし部屋はなく、恵文王がここにひそんでいたという形跡もなかった。

田不礼の側近である万葎《ばんりつ》は、古参であるだけに故事をよく知っており、

「主父さまが南の離宮をおつかいになっていたころ、万一にそなえて、地下道を造らせたといううわさがありました。その入り口には鉄の扉があり、扉を開けるための鑰《かぎ》は、主父さまから王へ譲渡《じょうと》されたはずです。ただし、あくまでうわさです」

と、いった。

「それだ――」

田不礼は従者をおどろかすような声で叫んだ。

「その地下道を通って、すでに王は外にでたのか」

「いえ、それはありますまい。王がすでに離宮から遠ざかっていたのであれば、残る兵があれほど必死に戦う必要はないでしょう」

「なるほど、王はまだ殿舎のなかか。いや、地下室にひそんでいるかもしれぬ」

すでに日没である。田不礼はふたたび本陣へゆき、ここまでに得た情報を安陽君にこまごまと語《つ》げた。さらに早朝から再開する攻撃について、そのやりかたを確認しあった。田不礼の側近のひとりで謀臣でもある草奇《そうき》が、宮室に踏み込んだ際、厨室《ちゅうしつ》に近い一室の外に異様とおもわれるほど近衛兵が多かったことを憶《おも》いだして、

「王がひそんでいる室《へや》にこころあたりがあります」

と、田不礼のうしろから発言した。説明をきいた安陽君はうなずき、

「それは厨人《ちゅうじん》か膳夫《ぜんぷ》がつかう室であろう。もしかしたら、弟は服装を替《か》え、下人《かじん》になりすましているかもしれぬ。明日の攻撃で、みのがしてはならぬぞ」

と、左右の臣にもいった。安陽君は離宮攻めを田不礼まかせにせず、明日はみずから兵を率いて斬り込むつもりでいる。

「われが王になるのに一日延《の》びたが、二日も延ばしたくない」

安陽君は真情を強い口調で吐露《とろ》した。

黎明《れいめい》のころに、田不礼は安陽君の下命《かめい》を承《う》けて、裏門とその付近を哨戒《しょうかい》する兵を増やした。恵文王が離宮を脱出するなら、かならず裏門をつかう、と安陽君がみたからである。かりに地下道があるにせよ、その出口は裏のほうにちがいなく、

「一里以内をくまなく捜せ」

と、田不礼は百人を監視と探索にあたらせた。

早朝から烈《はげ》しい攻防がはじまった。

公孫龍の胸算用《むなざんよう》では、昨日、離宮を発った急使は馬を疾走させて、もっとも近い邑《まち》である鉅鹿《きょろく》に飛び込み、そこで馬を替えて邯鄲にむかい、日没まえには、城をあずかっている重臣たちに危急を告げたはずである。が、城の内外に常駐している王室の兵

はほとんどおらず、重臣たちはそれぞれ自家の兵を集めるしかない。それでもすばやく対処を終えた重臣がいれば、夜のうちに二、三十人の家臣を率いて沙丘に急行してくれているのではないか。そういう重臣が十人もいれば、二、三百人の兵が昼のうちに駆けつけてくれるはずである。

表門にくらべて裏門はぶきみなほど静かである。

裏門からの出撃にそなえて、代兵の陣は昨日より堅固になった。それを牆上からながめた公孫龍は、

——王の脱出も、むずかしくなった。

と、感じた。日が高くなった。煙がながれてきた。殿舎のどこかが焼かれているらしい。代兵が恵文王に迫っているのかもしれないとおもった公孫龍は、棠克を呼び、

「船があることを周蒙どのに伝え、なんじが先導せよ」

と、命じた。日がさらに高くなったとき、拒守《きょしゅ》をあきらめた近衛兵が裏門のほうに集まりはじめた。それをみた公孫龍は、

——この離宮を棄てるしかない。

と、意を決し、

「王のために退路をお作りする。いつでも裏門から出られるように、盛り土を除《のぞ》いて

おくように」

と、三十人ほどをつかって出撃の準備をおこなった。半時後に、にわかに騒がしくなり、近衛兵がどっと裏門へ奔《はし》ってきた。恵文王の甲《よろい》と周蒙の顔を一瞥《いちべつ》するや、

「出撃――」

と、叫んだ公孫龍は、八十騎ほどの騎兵を従えて敵陣に突入した。応戦した代兵は、河水《かすい》にむかう小集団に気づき、

「あれが王だ」

と、ゆびさし、猛追をはじめた。追跡する代兵は増えに増えて、五百をこえた。船着き場は遠い。逃げる小集団は七、八人である。この七、八人が二艘《そう》の船に乗って岸から離れたとき、驟雨《しゅうう》のような矢を浴びた。

報告をきいた安陽君は、虚空《こくう》にむかって鞭《むち》を鳴らし、

「河水は、邯鄲の濠《ほり》がわりになっている牛首水《ぎゅうしゅすい》につながっている。川の合流口をおさえよ。船を捜せ」

と、怒鳴った。

離宮を守っていた近衛兵は潰走《かいそう》した。が、南下するこの敗兵は厳しい追撃をまぬかれた。

五十騎ほどの騎兵がつくっている集団のなかに、白海がいた。そのまえをすすむ騎兵が、なんと恵文王であった。側近と甲をとりかえた恵文王は、牆を越えて奔り、曳きだされた馬に乗って敗走する兵にまぎれこんだ。

追撃してくる騎兵の影が消えたと知った恵文王は、ふりかえって、

「これは、公孫龍の策か」

と、白海に問うた。

「さようです。龍子《りょうし》はおいおいこの街道をくだってくるでしょう」

白海はそう答えたが、まだ逃げきったと安心はしていない。伏兵に用心した。ちなみに、白海がいった龍子の子《し》は、男子の敬称である。

沙丘から鉅鹿の邑までは、およそ六十里である。その鉅鹿の邑に到るまでに、騎馬の集団がみえた。

「援兵です」

恵文王の左右から明るい声がはじけた。

――たしかに援兵だ。

三百ほどの騎兵を率いてきた将の顔ぶれを確認した白海は、ようやく気をゆるめた。

「公子――」

恵文王からそう呼ばれたのは、王族のなかの重鎮《じゅうちん》といってよい公子成《せい》である。かれは主父の父である粛侯《しゅくこう》の弟であり、主父が王の時代に定めた、朝廷でも胡服《こふく》着用、という制度に強い難色を示した。いまだに主父にたいするかくれた批判者である。

「ああ、王よ、ごぶじであったか」

公子成の喜笑《きしょう》とともに騎兵はこぞって歓声を揚げた。

夏の戦陣

恵文王《けいぶんおう》のぶじを確認した公子成《せい》は、王を匿《かく》すかたちで、すばやく兵を返した。遠くないところに鉅鹿《きょろく》の邑《まち》があり、そこにはいって日没を迎えた。邑主《ゆうしゅ》には、

「城門を閉じるな。城内にあるすべての燎炬《りょうきょ》を、門楼《もんろう》と牆壁《しょうへき》の上で焚《た》け」

と、公子成は命じた。離宮において近衛《このえ》兵を指麾《しき》した高信期《こうしんき》がまだ到着していない。おそらくかれは代《だい》兵の追撃をどこかで拒止《きょし》するために戦ったであろう。そのために退去が遅れている。夜間に撤退《てったい》する兵の目じるしになるように城を明るくしたことのほかに、邯鄲《かんたん》とその近くにある邑から駆《か》けつけてくる兵のためにも、城門を閉じさせなかった。

老練《ろうれん》というべき公子成は、恵文王のまえに、あえてゆとりをみせて坐《すわ》り、

「なるべく早く、王を邯鄲城へお送りしたいのですが、夜間の移動は危険をともないます。明朝にご出立《しゅったつ》ということになります。この城はわれらがお守りしていますので、安心してお休みください」

と、述べた。恵文王は愁顔《しゅうがん》をみせた。

「公子よ、われは肥義《ひぎ》を失った。肥義はわれの身代わりとなって死んだ」

「臣が主のために死するは本望《ほんもう》です。群臣はそれぞれ忠義の心をもちながら、それを表現するむずかしさを感じています。肥義はそれを最大限に発揮して亡《な》くなり、その名は不朽《ふきゅう》となった。不運どころか、むしろ幸運であったといえます」

古式《こしき》を重んずる公子成は、肥義の死をそういうとらえかたをした。

恵文王が寝所にはいると、すぐに公子成は李兌《りたい》を招いた。

李兌は重臣のなかで特にすぐれた才覚をもっている。公子章《しょう》が代に封《ほう》ぜられて安陽《あんよう》君《くん》となった時点で、肥義のもとへゆき、

「田不礼《でんふれい》が安陽君の相《しょう》となったかぎり、陰謀が生じないはずがありません。禍《わざわ》いがあなたに及ぶのは必至《ひっし》です。凶患《きょうかん》を避けるために、宰相《さいしょう》の席を公子成にお譲りなさったらどうですか」

と、忠告した。また高信期に会って、

「安陽君と田不礼はかならず詐佯《さよう》の策をもって王に迫るでしょう。あなたはけっして騙《だま》されず、王をお護《まも》りしなければなりません」

と、用心を説《と》いた。

主父《しゅほ》が恵文王と東武《とうぶ》君《くん》というふたりの子をともなって沙丘《さきゅう》へでかけたあと、

――なぜ主父さまは安陽君をお誘いにならぬのか。

と、疑念をいだき、公子成を訪ねて、

「沙丘で変事が起こった場合、それを鎮圧できるのは、あなたさましかいません。なにごともなければ、それがしの妄想《もうそう》をお嗤《わら》いくださってもかまいませんが、どうか、いつでも出陣できるようにお支度《したく》なさってくださいませんか」

と、懇請《こんせい》した。公子成は主父もはばかる王族のなかの貴人《きじん》である。保守派の首領といってよく、主父の制度改革に順服《じゅんぷく》できない者たちに、ひそかに奉戴《ほうたい》されている。

「はは、うかつには挙兵できぬ。叛逆者《はんぎゃくしゃ》とみなされよう」

「いえ、公子のご懸念《けねん》が吹き飛ばされるような事態となりましょう」

李兌はそう予断した。

はたして邯鄲城に飛び込んできた急報は、城をあずかっている者たちを戦慄《せんりつ》させた。このとき恵文王の傅《ふ》の周紹《しゅうしょう》は病《やまい》のために城内におらず、かわって李兌がすばやく動き、公子成に登城《とうじょう》してもらって城内の動揺を鎮《しず》めた。ついで公子成の名によって近隣の邑主に兵を出すように命じ、夜間に、三百ほどの騎兵を率いた公子成とともに邯鄲を発したのである。

公子成は鉅鹿の城内の一室で、李兌とふたりだけで夕食を摂《と》り、それから密談をは

じめた。まず公子成は、

「王のお側《そば》にいたあの男は何者か」

と、問うた。恵文王の護衛者のなかに風変わりな剣士がいたので、気になっていた。

「あの者は、白海《はくかい》といい、賈人《こじん》である公孫龍《こうそんりょう》の従者です」

以前、主父のいいつけで公孫龍の邸宅を建てる際、工事の監督にあたったのが李兌である。

「公孫龍か……」

「公子は公孫龍をご存じですか」

「王のおいのちを一度ならず二度までも救ったときいた。謎《なぞ》の賈人だな」

「わが国と燕《えん》の間を往復しています。燕王にも優遇されているようです。このたびも、王の離宮からの脱出は、公孫龍の策によります」

「さようか……」

公子成は別のことを考えはじめたような顔つきをした。

「公孫龍が目ざわりなら、追い払いましょうか」

「いや、賈人がどれほど大きな功を樹《た》てようが、一国の政治に容喙《ようかい》してくることはない。利用価値があるのなら、利用するにこしたことはない。王が信用している賈人をどのように使うかは、なんじにまかせよう」

公子成がそういった直後に凶報がはいった。高信期が戦死したという。

「吁々《ああ》――」

公子成は仰向《あおむ》き、李兌は俯《うつむ》いた。しばらく湿《しめ》った沈黙があった。まなざしをもどした公子成は眉宇《びう》にけわしさをただよわせて、

「兄弟が戦い、宰相と重臣が殺されたというのに、主父はなにをなさっていたのか」

と、烈《はげ》しくいった。

「主父さまは、北の離宮の門を閉じさせ、東武君をお膝《ひざ》もとに置いて、外の騒擾《そうじょう》をそ知らぬ態《てい》でおすごしになっているようです」

「ありえぬことだ。愚蒙《ぐもう》の極《きょく》としかいいようがない。この乱が鎮静《ちんせい》したあとに、主父には邯鄲にもどってもらいたくない」

公子成は憤然《ふんぜん》としている。

「おそらく主父さまは邯鄲にもどりにならず、代へお往《ゆ》きになるでしょう」

「そうであれば、すでに主父は安陽君を陰助《いんじょ》していることになる。明日、安陽君が主父とともに沙丘から引き揚げていれば、まずい事態となる」

苛々《いらいら》と膝をたたいた公子成に微笑をむけた李兌は、

「王が河水《かすい》の対岸にのがれたと代の主従は信じ、探索のために沙丘にとどまるでしょう。公孫龍の策は奥ゆきがあります」

と、語《つ》げた。

「それも、これも、公孫龍の策か。王のためにこれほど働いてくれる公孫龍は、いったい何者であるか。まさか、王の庶兄《しょけい》ではあるまいな」

「主父さまが外でお産ませになった子、というわけですか……。公孫龍はいま二十三、四歳でしょうから、安陽君より二、三歳下ですね。安陽君が生まれて二、三年後の趙《ちょう》は、韓《かん》と軍事をともにして秦《しん》と戦っています。主父さまは外で遊興《ゆうきょう》なさっているひまはありますまい」

「なるほど、そのころか。わが趙軍は秦軍に敗れただけではなく、斉《せい》軍にも撃破された。憶《おぼ》えている。あのころのわが軍は弱かったな」

公子成は軽く嘆息してから、

「その肝心《かんじん》な公孫龍はどうした」

と、問うた。巨細《こさい》もらさず情報を把握《はあく》している李兌でも、公孫龍のゆくえどころか生死もわかっていない。

このふたりが対談を切り上げた夜半までに、鉅鹿の城には続々と援兵が到着した。

李兌の目算《もくさん》では千数百人増《ふ》えた。

——これなら、代兵に克《か》てる。

安心した李兌は柱にもたれて仮眠《かみん》をとった。夏でも、黎明《れいめい》のころは、すこし寒い。

「やっ、寝すごしたか」

跳ね起きた李兌は恵文王の寝所へ趨《はし》った。恵文王はすでに起きていて、左右の臣と談笑していた。一礼した李兌は、

「朝食をお摂りになったあと、すみやかに邯鄲城へむかわれますように。沙丘においてて王をお護りした騎兵が、この城に到着しておりますので、かれらがふたたび王をお護りしてゆきます」

と、述べた。

「高信期はいかがした」

恵文王の気がかりはそれであった。わずかにまなざしをさげた李兌は、

「戦死いたしました」

と、幽《くら》い声でいった。

「つらい、ことよ」

高信期はおのれの死をもって恵文王を守りぬいた。その勁直《けいちょく》さがわからぬ恵文王で

はない。

が、李兌は感傷《かんしょう》のなかにとどまっているわけにはいかない。朝食後に、すべての将士を門前に集めて、公子成の諭《さと》しをきかせた。この段階でも、鉅鹿に駆けつけてくる兵があり、兵の総数は二千をこえた。

夜のうちに多くの家人《かじん》を率いて急行してきた趙梁《ちょうりょう》をみた公子成は、

――この者は恪敏《かくびん》で、軍事もまずくない。

と、わかっていたので、趙梁を名指し、

「なんじが先鋒《せんぽう》となれ」

と、命じ、八百の兵を付与《ふよ》した。おなじ八百の兵の第二陣を李兌にまかせた公子成は、恵文王の出発を見送ってからおもむろに鉅鹿をでた。馬上で旦明《たんめい》の風をさわやかに感じた公子成は、

――ほんとうに、まだ、安陽君は沙丘にいるのか。

と、首をかしげた。朝まで鉅鹿の城門を閉じさせなかったのであるから、代の間《かん》諜《ちょう》も城内に潜入《せんにゅう》して、恵文王の消息をさぐったはずである。むろん恵文王の鉅鹿城入りは極秘のあつかいになっているが、箝口令《かんこうれい》の外にいる兵が勘《かん》づかないことはありえない。すでに恵文王は鉅鹿城内にいるといううわさは、夜間にひろまったであろう。

が無理がない。

そのうわさを摭《ひろ》った間諜は飛ぶようにかえって安陽君と田不礼に報告したと想《おも》うほう

——それでも安陽君が沙丘にとどまっていたら、阿呆《あほう》というしかない。

公子成は、代の主従と兵は、夜明けとともに沙丘を去った、と予想した。

ところが、代の主従と兵は離宮の近くに駐屯していた。ふしぎなことに、かれらは邯鄲の兵を迎え撃つという備《そな》えをしておらず、明確な布陣を示していなかった。

それを看《み》た趙梁は、

——どうしたことか。

と、いぶかり、先鋒の騎兵を停止させた。敵に奇計がある、と用心した。

ほどなく主父の使者である旗を掲げた湛仁《たんじん》と華記《かき》が、疾走《しっそう》してきて、

「代の兵を攻撃してはならぬ、と主父さまが仰《おお》せです。明朝、安陽君が帰途につくので、それまで静止するように。この命令に違背《いはい》すれば、いかなる者でも極刑に処する、という主父さまの厳命です」

と、趙梁に告げた。

——はて、さて、どうしたものか。

困惑した趙梁は、諾否《だくひ》をあきらかにできないので、使者のふたりに、

「将帥《しょうすい》は公子成さまだ。本陣へ行ってくれ」

と、いった。湛仁と華記はさらに駆けて、本陣にはいり、同様のことを公子成に告げた。しばらく黙ってふたりをみつめていた公子成は、突然、

「このふたりを捕縛《ほばく》せよ」

と、左右に命じた。言下に、数人の兵がふたりをおさえつけた。

「なにをなさる。公子よ、逆賊《ぎゃくぞく》となり、三族まで誅殺《ちゅうさつ》されますぞ」

と、湛仁が叫んだ。わずかに眉《まゆ》を動かした公子成は、

「そのほうらはいまだに主父が国王だとおもっているのか。王に凶刃《きょうじん》をむけた安陽君こそすでに逆賊であり、それを助ける者が、たとえ主父であっても、罪を問わねばならぬ」

と、冷ややかにいい、このふたりを近くの樹《き》に繋《つな》いでおけ、と指示した。それから旒《りゅう》を立てさせて、太鼓を打った。よけいな斟酌《しんしゃく》をせず、目前の敵を討て、という趙梁への命令である。

代軍の先陣をあずかっている田不礼は、邯鄲軍の動きをみて、

――話がちがう。

と、うろたえた。昨日、安陽君と田不礼のもとには錯綜《さくそう》した情報がはいった。船で

対岸へ逃げた恵文王が南下している、という情報がはいったあと、夜半すぎに、恵文王が鉅鹿に到着したらしい、という情報もはいった。どちらの恵文王が本物であるのか、たしかめるすべはなく、たしかめたところで、恵文王を殺せなかったという事実に変わりはない。

「われらは、まんまと欺《あざむ》かれたらしい」

策戦に疎漏《そろう》があった田不礼を責める心を、安陽君はのぞかせた。が、田不礼は平然としている。

「こうなったら、すみやかに陣を引き払い、代へお帰りになるべきです」

「ふむ……」

安陽君はあいまいにうなずいた。主父の意向がわからないので、決断できないまま、夜が明けるとすぐに、使者を北の離宮へ送り、

「代へ帰ります」

と、告げた。ところが主父はその帰還を許さず、

「公孫龍を殺してからにせよ。公孫龍は西北の森林にいる。邯鄲からくる兵はわれが止めておく。公孫龍の首をみれば、われはなんじとともに代へゆく」

と、安陽君に命じた。どうやら主父は従者をつかって公孫龍の動静を見張らせてい

たらしい。

——あんな商賈《しょうこ》ひとりを殺すのに、多数が要《い》ろうか。

と、安陽君はおもったが、主父の使者は、

「公孫龍をあなどってはなりません。三百の兵をむけよ、と主父さまは仰せになりました」

と、厳しい口調でいった。

「わかったよ」

安陽君はしぶしぶうなずき、早朝から、三百の騎兵を西北の森林に投入した。このため西北の森林のなかに隠れた公孫龍と従者は、代兵に追われることになった。

昨日、代兵と戦った公孫龍は、うまく恵文王を逃がしたあと、南下せずに、西北へむかった。

「邯鄲への退路には伏兵がいる。まして日没後の道はあぶない」

従者にそういった公孫龍は、邯鄲とは逆の方向を選んで隠れたが、敵に見破られていたとはおもわなかった。

森林のなかでは見通しが悪いため、敵の人数がわからない。いちど包囲されかけたが、かろうじて突破した。

「しつこい」

うまく逃げたつもりでも、ぞんがい正確に追跡されている。代の騎兵とは別の者が公孫龍から目をはなさず移動しているのではないか。そう想いはじめた公孫龍は、はじめて戦慄した。

――そうだ。

逃げつづけ、喘《あえ》ぎながら、ひとつ思いついた。

「虎《とら》に助けてもらう」

そういった公孫龍は走りに走って従者とともに窪《くぼ》地《ち》にはいった。恵文王が虎と遭遇した地である。ここが森林のなかの聖域のはずで、侵犯《しんぱん》する者は虎に食い殺される。それを承知で、公孫龍はなかにはいり、虎に救助を求めるつもりであった。が、虎はどこにもいない。

「ここがわれの死地になるかもしれぬ」

馬首をめぐらして、公孫龍は迎撃《げいげき》の構えをした。が、追跡の兵はあらわれなかった。ひとつに、代の騎兵の馬が、なにかにおびえたようにすすまなくなった。いまひとつに、離宮近くで戦闘がはじまり、代兵が苦戦しているという報《しら》せがとどいたことがある。

公孫龍を殺すという任務を帯びた三百の騎兵は、急遽《きゅうきょ》、引き返した。

馬からおりた公孫龍は、弓と長柄《ながえ》の刀《とう》を苔《こけ》におおわれた地に置き、大息《たいそく》してから、

「われらは虎に救われたらしい」

と、左右にいい、地にぬかずいた。

この光景を、暗い樹間《じゅかん》から観《み》ている男がいた。かれは、

「李巧《りこう》」

と、いい、かつて中山攻略を主導《しゅどう》した李疵《りし》という将の子で、いまは主父に近侍している。李巧は公孫龍にたいして個人的な怨《うら》みをもっているわけではないが、主父の密命を承《う》けて、公孫龍を蹤《つ》けつづけ、その位置を代兵におしえた。が、代兵が引き揚げたとあっては、なすすべがない。

「あと一歩で、殺せたのに……。運のよい男だ」

そうつぶやいた李巧は、三人の配下をうながして、引き返したが、公孫龍を密《ひそ》かに追うという任務を放棄したわけではない。

森林のなかが、かなり明るくなった。

離宮の近くには燦々《さんさん》と夏の陽光がふり、その下で、邯鄲の兵が代兵を圧倒した。邯鄲兵を率いた趙梁は、矢傷を負いながらもひるまず馬をすすめ、敵の先陣を崩壊させ

た。

「あれが田不礼ぞ、射よ、射よ」

敗色が濃厚となったため戦陣から離脱すべく背をむけた田不礼を、趙梁がゆびさした。言下に、数本の矢が放たれて、遠ざかろうとする田不礼の背や頸《くび》に突き刺さった。田不礼は馬から墜《お》ちた。邯鄲兵は半死半生の田不礼にむらがって、その首を馘《き》った。

「不礼は死んだのか」

本陣の安陽君は嚇《かっ》と吼《ほ》え、手の甲で涙をぬぐったあと、後退してきた代兵をすばやく収めて、

「敵は、父君にさからう賊軍だ。賊に負けてはならぬ」

と、叫びつつ、突進した。この時点で、安陽君は思考を失っていたであろう。心身に残っていた恵文王への憎悪《ぞうお》を噴出させたにすぎない。あるいは正后《せいこう》の座を追われた亡き母への哀憐《あいれん》そのものになっていたかもしれない。

五百余の代兵が猛進して、趙梁の先陣に衝突した。押されつづけた邯鄲兵を李兌の二陣が支えた。

――鋭気は烈しすぎると衰えるのも早い。

李兌は耐えるかたちで自陣の崩れをふせぎ、代兵の熾烈《しれつ》な勢いが弱まるのを待った。

安陽君はその堅陣《けんじん》を突破できなかった。その攻防を遠くから瞰《み》ていた公子成は、

「われを衛《まも》る兵は要らぬ。みな出《い》でよ。敵の脇腹《わきばら》を衝《つ》け」

と、命じ、本陣の兵をまわして、安陽君の陣の側面を急撃させた。公子成はむだに年をとってきたわけではない。戦場での呼吸をこころえていた。

公子成が打った一手は効《き》いた。

脇腹を抉《えぐ》られたかたちの安陽君の陣は大きく歪《ゆが》んだ。その変形をみのがさず李兌は、

「いまこそ、前進せよ」

と、大声を発した。総攻撃となった。この時点でも、公孫龍を追撃した三百の騎兵は安陽君のもとにもどっておらず、ほとんど理性を失ったせいで、かえって豪強《ごうきょう》さをみせて兵を指麾していた安陽君であったが、麾下《きか》の数十の兵が倒されると、劣勢を感じた。

「負けて、たまるか」

安陽君はみずからを鼓《こ》して、引き色の兵を励ますべく、馬をまえにすすめた。矢が尽きた。剣をぬいて、叫びつづけた。その剣が地に落ちた。右腕が勁《つよ》い飛矢《ひし》にえぐられた。さらに敵兵の矢が安陽君の肩をかすめた。安陽君の視界から代兵が消えつつある。

「君よ。ご退却を——」

左右の騎兵の声は敗北を告げるものであった。安陽君は陣頭《じんとう》まですすんでいたため、退路がふさがれつつあることに気づかなかった。つまり安陽君の陣は二分され、安陽君自身は包囲されようとしていた。

にわかに恐怖にとりつかれた安陽君は、馬首を返した。敵に背をむけたとき、死の淵《ふち》に墜ちやすい。北へむかって走りはじめたこの騎兵集団に無数の矢が浴びせられ、つぎつぎに馬と兵が斃《たお》れた。

安陽君は苦渇《くかつ》をおぼえた。むしょうに水を飲みたくなった。右腕が疼《うず》く。

代の二騎が逆走してきた。かれらは安陽君に馬を寄せると、

「もはや、退路はありません」

と、苦困《くこん》をあらわにした。北への道だけでなく西へむかう道にも邯鄲の兵が盈《み》ちているという。南からは追撃の兵が迫ってくる。

——これは、どういうことか。

安陽君は天を仰いで問うた。自分は一朝《いっちょう》にして趙王になるのではなかったのか。ところがいまや、三方の道が閉じられ、残る一方には沙《すな》と大河があるだけである。ここで斬り死にするしかないのか。そうおもえば、体腔《たいこう》に悲憤《ひふん》が盈ちてくる。

天が白くなった。

一瞬、めまいをおぼえた安陽君は、突然、

「活路はある。われにつづけ」

と、うわ言《ごと》のようにいい、馬首を東にむけると、走りはじめた。五、六十騎がそれに従った。この小集団は、主父がいる北の宮殿に近づいた。門がひらいた。安陽君と従騎が門内にはいると、ふたたび門は閉じられた。

追撃してきた邯鄲の騎兵は、門前で停止した。その数が百、二百と増えても、主父をはばかって、たれも門をたたかない。

このころ、公孫龍は配下とともに、半壊した客殿にもどってきた。

安《あん》陽《よう》君《くん》の死

北の離宮をかこむ牆壁《しょうへき》の上に人影が出現した。

「やっ、あれは、東武君《とうぶくん》ではないか」

沙丘《さきゅう》での異変を知って駆けつけた兵は増えるばかりで、総数は四千をこえた。しかしかれらは、北の離宮に主父《しゅほ》がいると知って、恐れて近づかない。牆壁の上に立って叫び、手招きをしている者が、恵文《けいぶん》王の弟の東武君であるとわかっても、牆壁に近づく兵はいない。

報《しら》せをきいた李兌《りたい》が、数十人の兵を率いて、直行し、東武君の声がとどく牆壁の下に立った。

「やあ、李兌か。われは兄君に追いだされた。ここからおりるしかないので、梯子《はしご》をたのむ」

「承知しました」

李兌は逡巡《しゅんじゅん》することなく、配下をつかって、多くの梯子を牆壁に寄せさせ、東武君とその従者をおろした。固い表情の東武君は、曳《ひ》きだされた馬に乗るや、

「父上のご命令を公子成《せい》に伝えねばならない。本陣まで先導してくれ」

と、李兊にいった。

——そういうことか……。

東武君を離宮の外にだしたのは、兄の安陽君《あんようくん》であるというより、父の主父であろう。その命令の内容も、李兊には見当がつく。

邯鄲《かんたん》の兵の将帥《しょうすい》となっている公子成は、戦陣にいるとはおもわれぬおだやかさで、東武君を迎え、

「主父はいかがお過ごしですかな」

と、やわらかく問うた。

「南宮《なんきゅう》で攻防がおこなわれているさなかでも、悠々《ゆうゆう》と酒を呑《の》んでおられた。いまは代の兄君のために、宴《えん》を催しておられる」

「なるほど、なるほど」

公子成は皺《しわ》の多い顔にとがった感情の色をださず、おだやかさを保っている。が、李兊は惘《むっ》とした。主父さまは自分の子が激闘をおこなっていたのに、仲裁《ちゅうさい》にも入らず、そ知らぬ態《てい》で、酒肴《しゅこう》を楽しんでいたのか。しかもいま、乱を起こした安陽君をもてなすように宴会を催しているとは、どういう神経であろうか。

——もしや、主父さまは病《やまい》で、正気《せいき》を失っておられるのではないか。

李兌はそこまで想像した。

東武君は十四歳という少年でありながら、強い眼光を公子成にむけた。

「父上のご命令を公子にお伝えする。明朝までに兵を十里退くこと。これは厳乎《げんこ》たるご命令です」

厳乎といったところに濃厚な意味がある。この命令に従えない場合に、どういう処罰があるか、わかっているであろうな、という恫喝《どうかつ》がふくまれている。

「うけたまわった」

と、一礼した公子成は、すこし目をあげて、

「日没までには、まだ時間がある。南宮は破壊されてしまったので、君はすみやかに鉅鹿《きょろく》の邑《まち》へ移られるとよい」

と、いい、配下の兵に指示して東武君と従者に護衛を付けて、送りだした。そのあと公子成はしばらくうつむいていた。

——まことに公子成は兵を十里さげるのか。

怪《あや》しんだ李兌は公子成の表情をさぐるように視《み》た。よく視ると、公子成は含笑《がんしょう》しているではないか。

「公子、どうなさいました」

「この地こそ、われらにとって幽明《ゆうめい》の境《さかい》である、とつくづく眺めていたのよ」

「幽明の境……、生死の境ということですか」

「いまから陣を十里さげたら、どうなると想《おも》うか。すかさず主父は安陽君を逃がし、趙梁《ちょうりょう》に使者を遣《や》って、われらを捕らえさせるであろう。明朝にはわれらの首と胴は離れている。いや、主父の密使はすでに趙梁になにごとかを命じているかもしれない。そこで、用心のために趙梁をうしろにまわし、なんじが北の離宮を包囲せよ。東西南北に塁《るい》を築き、蟻《あり》一匹も這《は》いでる隙《すき》のないように重囲《じゅうい》せよ。その包囲陣に洩漏《せつろう》があれば、われらは死ぬ。相手は主父だぞ、こころしてかかれ」

公子成にそう命じられた李兌は表情をひきしめた。すでに主父と戦っているという認識は、李兌を慄然《りつぜん》とさせた。

三千余の兵を督率《とくそつ》することになった李兌は、その兵を四組に分けて、塁を築かせた。夜間も、燎炬《りょうきょ》を焚《た》かせ、工事を続けさせた。

李兌は夜明けまでその工事を見守りつづけ、日が昇るころに、土の上でわずかに坐《ざ》睡《すい》した。塁とは土の小城のことで、なかに櫓《やぐら》と兵舎を建てる。四隊の長だけを集めた李兌が、つぎの工事の指図をおこなっているさなかに、離宮の門が開き、二騎が走り

でた。主父の使者である。この二騎は邯鄲兵の駐屯地に走り込み、

「主父さまのお使いである。どけ、どけ」

と、威喝《いかつ》して、兵をしりぞかせた。さらに二騎は荒々しくすすみ、帷幄《いあく》を踏み破った。

会談中の李兌と四人の隊長ははじかれたように起《た》った。

使者のひとりは剣をぬいて李兌を指し、

「主父さまはお怒りである。陣を十里さげよと命じたはずである。そのご命令をなんじはないがしろにした。あまつさえ、主父さまの使者である湛仁《たんじん》と華記《かき》を捕らえた。主父さまへの叛逆《はんぎゃく》はあきらかである」

と、怒鳴るようにいい、顔を四人の隊長にむけた。

「そのほうども、李兌を捕縛《ほばく》せよ。主父さまのもとへ連行する」

四人の隊長は凍ったように立《た》ち竦《すく》んだ。動けるはずがない。この国では主父が至尊《しそん》の人であることはわかりきっているが、複雑怪奇《ふくざつかいき》といってよい現状では、たれの命令に従えば後難《こうなん》に遭《あ》わずにすむか、とっさに判断できない。そういう隊長たちを瞰《み》た使者は、

「早く、いたせ」

と、苛立《いらだ》って、剣を左右に振った。

このとき、帷幄のなかに射《さ》している陽光が揺《ゆ》らいだ。疾走してきた影がある。長柄《ながえ》の刀《とう》がきらめき、使者の剣を撥《は》ね飛ばした。つぎの瞬間、長柄が使者の胴を撞《つ》いて、馬上から墜《お》とした。ほぼ同時に、いまひとりの使者も、巨体の男に棒で打たれて落馬した。

土を嚙《か》んだ使者は、後ろ手にされたまま、

「なにをするか。なんじは主父さまにさからった罪で、車裂《くるまざ》きにされ、死体が市《いち》にさらされるのだぞ」

と、わめいた。

「残念ながら、わたしは主父さまの臣下ではなく、趙《ちょう》王の客となった賈人《こじん》にすぎません」

使者をおさえつけた男が首をあげた。

「やっ、公孫龍《こうそんりょう》――」

肝《きも》の太い李兌だが、このときだけは心身を硬直《こうちょく》させていた。主父の怒りに間接的に打たれたといってよい。が、この場に飛び込んできた公孫龍の敢為《かんい》をみて、ようやく心身は自在《じざい》をとりもどした。

わずかに笑った公孫龍は、

「この不作法《ぶさほう》はわたしがしたことなので、かたがたにはかかわりはありません。あとの処置は公子成さまにおまかせになったらよろしい」

と、声をはげましていった。うなずいた李兌は、倒れた帷幄の外で林立《りんりつ》している兵に、

「このふたりに縄をかけて、牙営《がえい》へ送れ」

と、命じた。

縛られた使者は、身もだえし、兵たちを睨《にら》み、

「そのほうどもは賊になったのだぞ。主父さまのお怒りによって、ことごとく斬首《ざんしゅ》されよう」

と、わめき続けた。その声が遠ざかると、李兌はため息をついた。四人の隊長は倒れた帷幄を立てた。四人は寡黙《かもく》のままである。その心情を察した李兌は、

「よいか。われらは主父さまに戈矛《かぼう》をむけることはしない。王を害せんとした安陽君を討とうとしている。安陽君を擁佑《ようゆう》する者は、すべてが敵である。この考えかたに同調できぬとあらば、ただちに主父さまのもとに参ずるとよい。主父さまと安陽君が正しく、群臣がいまの王を棄《す》てれば、この包囲陣にとどまっている者は、かならず死ぬ。

公子成とわれに従っていれば、生き延びられるわけではない。返答は、いかに」

と、四人を凝視《ぎょうし》して、問うた。

四人は沈思《ちんし》していたが、やがて、李兌にむかって低頭《ていとう》した。

「安陽君に理義《りぎ》があるとはおもわれません。もしも安陽君がわが国の王となれば、臣民は恇擾《きょうじょう》し、大乱が生じます。われらはいまの王に恪遵《かくじゅん》します」

「よくぞ、申した。離宮からでた者は、容赦なく捕斬《ほざん》せよ」

四人の隊長を巠にかえした李兌は、帷幄の外にひかえていた公孫龍を請《しょう》じ入れた。

李兌に一礼した公孫龍は、

「それがしにご用があるとのこと。公子からうかがいました」

と、いった。

昨日、戦場での勝敗が決したあと、半壊した客殿にもどった公孫龍は、周蒙《しゅうもう》、棠克《とうこく》など、恵文王に擬《ぎ》した側近とともに対岸に逃避した者たちがぶじに帰着したことを悦《よろこ》んだ。恵文王が安全に邯鄲に帰ったと知った周蒙は、胸をなでおろし、公孫龍にむかって、

「またしても王はそなたに助けられた」

と、謝意をあらわにし、こうしてはおられぬ、といって、ひと足さきに発《た》った。公

孫龍は配下にひとりの死者もでなかったことを確認し、朝を迎えると、本営へゆき、公子成の近臣に面会して、

「邯鄲へ帰ります」

と、告げた。その近臣は公子成からいいふくめられているらしく、

「公子はそなたに会いたいと仰《おお》せになっている。なかにはいるように」

と、幔幕《まんまく》のなかへいざなった。なかには朝食を終えたばかりの公子成がいて、近臣の耳うちにうなずき、隅《すみ》で跪拝《きはい》した公孫龍に、

「近《ちこ》う、近う」

と、手招きをした。土の上を膝行《しっこう》してきた公孫龍を視た公子成は、

「おう、佳《よ》き面構《つらがま》えよ。しかも雅志《がし》が感じられる。王がそなたを客としてもてなしたはずだ」

と、称《ほ》めた。もともと公子成は伝統を尊重する精神をもっているがゆえに、朝廷でも胡服《こふく》を着用するという改革を、卑《いや》しい制度だとみなした人である。人についても、卑しい者をみさげる性癖《せいへき》を変えようとしないが、賈人にすぎないはずの公孫龍には、例外的に侮蔑《ぶべつ》のまなざしをむけなかった。

公孫龍に機嫌よく褒詞《ほうし》をさずけた公子成は、

「そなたに帰られてはこまる、と李兌が申していた。李兌のもとにゆくように」

と、なかば命令するようにいった。公孫龍は恵文王の客であっても臣下ではないので、公子成の命令に従わなくてもよい。が、李兌は知らない人ではない、とおもい、その営所にはいるや、ひと騒動に遭遇《そうぐう》した。

すこし頭を掻《か》いた李兌は、筵《えん》に坐《すわ》りなおして、苦笑した。

「そなたのおかげで、窮地《きゅうち》を脱したよ。それほど主父さまは、怖《こわ》い。主父さまを恐れないのは、そなただけであろうよ」

公孫龍は黙って李兌の話をきいている。

「そなたに残ってもらったのは、もっともむずかしい仕事をそなたにやってもらうことになるかもしれぬ、と想ってのことだ。それはわれの頼みであり、王や公子の内命を承《う》けてのことではない」

公孫龍は目で笑った。

「もっともむずかしい仕事ですか……。ご家臣では、かないませんか」

「むりだな。われにもできぬ。できるのは、そなただけだ」

と、李兌は謎《なぞ》めいたことをいった。

軽く一笑した公孫龍は、

「その至難《しなん》の仕事が恐ろしくて逃げだすかもしれません。賈人の信義を信用なさってはいけません」

と、いった。李兌はすこし口をゆがめた。

「そなたが逃げ去っても、われは怨《うら》みはせぬ。春の花は、夏には落ちる。その花びらを掌《てのひら》で受けても、掌のなかで枯れてゆくだけだ」

「はあ……」

公孫龍は李兌の想念を追うことをやめた。

「ひとつ懸念《けねん》がございます」

「ふむ、申してみよ」

「さきほどの四人の隊長に、主父さまがそれぞれ使者を送ってお命じになったら、どうなりますか。ひとりでも主父さまのご命令に従えば、一時《いっとき》後にここは急襲され、他の隊長はどうすべきかわからず、包囲陣は大混乱となります」

「なるほど……」

李兌は心のなかでうなずいた。李兌にかぎらず、趙の群臣であれば、すべての者が主父にたいして畏敬《いけい》の念をいだいている。主父の命令をこばむには、恐怖を打ち消すかなりの勇気が要《い》る。

「公子のご存念《ぞんねん》をうかがってまいる」

すぐに起った李兌は、本営へ行った。が、その時点で、公子成の決意は固まっていたらしく、李兌の愁色《しゅうしょく》をみた公子成は、

「半時後に、四方から離宮を攻める。ただし主父を害するな。降伏する者はすべて赦《ゆる》し、抗《あらが》う者は、たとえ主父の臣下でも斬れ」

と、強い口調でいった。公子成は連行されてきた主父の使者を視るや、

――われも危地に立たされる。

と、感じた。おそらく主父はつぎつぎに使者を発して、諸将に命令をくだし、本営を襲わせるつもりであろう。主父は逃げ込んできた安陽君を説《と》いて、恵文王に謝罪させるような温和《おんわ》な手を用いない。むしろ邯鄲にいる恵文王を呼びつけて、謝罪させる肚《はら》なのではあるまいか。そうなると、安陽君と代兵を撃破した公子成と李兌が元凶として逮捕され、極刑に処せられる。

「事の是非《ぜひ》はさておき、やるしかあるまい」

公子成は四方の塁の工事を中止させ、離宮内への突入を命じた。

「えっ、いまから攻撃――」

軍装をととのえはじめた兵をみて、童凜《どうりん》はとまどい、公孫龍に不安なまなざしをむ

けた。このまなざしのなかには、ほんとうに主父さまを攻めてよいのですか、という問いがある。

「公子は逆賊となる覚悟で、決断したのだ」

「すると、わたしどもも逆賊ということになります」

「邯鄲の王しだいだな」

「どういうことですか」

「おそらく、主父さまの密使はすでに邯鄲に到着して、命令を王に伝えている。公子成と李兌が包囲を解《と》かぬので、王の命令によって包囲をやめさせること、その命令にも従わぬようであれば、諸将に命じてふたりを捕らえること、そういう命令だ。王が主父さまを惴恐《ずいきょう》していれば、ほどなく邯鄲からの急使が本営に着く。公子成はしたたかな人であるから、そういう最悪な事態になるまえに、攻撃を決行することにしたのだ」

「あやや……」

童凜は両手で口を掩《おお》って瞠目《どうもく》した。恵文王が邯鄲から数千の兵を北上させれば、この包囲陣にいる兵の大半が、公子成と李兌から離脱する。その際、公孫龍も捕縛されるのではないか。

「だが、王が主父さまの命令を拒絶する場合もある」

父が過《あやま》ちをおかしても、けっして咎《とが》めぬのが孝道《こうどう》ではあるが、主父と恵文王の関係は、一般的な倫理《りんり》におさまらない。いま恵文王の判断は、趙の群臣すべての利害にかかわってくる。いま恵文王が考えていることは、こういうことであろう。

「父上は、兄君をつかって、われを殺そうとした。それが失敗すると、兄君に罪を認めさせずに、保庇《ほひ》なさっている。離宮を包囲している兵が退けば、父上と兄君は悠々と外にでる。そのあと父上は、兄君を代へ帰さず、ともなって邯鄲におもどりになり、ただちにわれを廃するであろう。われは退位させられて、代へ逐《お》われることになろう。いや、兄君を攻撃した罪を衣《き》せられて、誅殺《ちゅうさつ》されるかもしれない。それが群臣と国民の意望にそった結果であるのなら、われは謫居《たっきょ》させられても、死罪になってもかまわないが、そうでないのなら――」

恵文王は悲しくつらい決断をしなければなるまい。公孫龍は恵文王の心情のなかに沈んでいる哀泣《あいきゅう》をきくことができる。

――子が父を殺さなければならないのか。

公孫龍がやりきれなさをおぼえたとき、離宮への攻撃が開始された。公孫龍と従者はその攻撃には参加せず、李兌の近くにいる。

主父の威光を恐れて離宮内に一兵も踏み込んでこないだろうと楽観していた安陽君と代兵は、牆壁を越えてくる兵に、無礼者め、とののしりつづけたものの、うろたえた。代兵がつぎつぎに斃《たお》されるのをみた安陽君は、奥へ走って、

「父上、お助けください」

と、泣き叫んだ。が、奥の室《へや》のまえには主父の側近がならび、

「なりませぬ」

と、入室をこばんだ。蒼白《そうはく》となった安陽君は、父上、父上、とくりかえし叫び、やがてきびすをかえすと、わめきながら剣をふるい、庭にでた。とたんに、四、五本の飛矢《ひし》をうけて顚倒《てんとう》した。即死といってよい。

死体に駆け寄った隊長は、

「これは、安陽君だ。首を斬って、本営へ送れ」

と、左右の兵に命じた。安陽君は戦死し、代兵は潰滅《かいめつ》した。この時点で、兄弟の争いは終熄《しゅうそく》した。

「だが……」

とどけられた安陽君の首をながめた公子成は、胸のまえで腕を組んだ。ここからの対処がむずかしい。安陽君を追って宮殿の奥に踏み込んだ邯鄲兵は、主父を衛《まも》る側近

と兵に叱呵されて、屋外にしりぞいた。邯鄲兵が主父の配下を殺傷していない現状であれば、公子成がみずから主父のもとへゆき、乱の終わりを告げればよい。

「だが、だが……」

公子成はくりかえしつぶやいた。宮殿をでたあとの主父の目が恐ろしい。底冷《そこび》えのするようなまなざしをむけられるのではあるまいか。

しばらく沈思した公子成は、おのれの本心とむきあった。結論としては、

――これ以上、主父には仕えたくない。

ということであった。これは理屈《りくつ》というより感情である。

「よし――」

目をあげた公子成は、後陣にいる趙梁を呼び寄せた。

「なんじは主父を恐れ、われはなんじ以上に主父を恐れている。主父にあっては、罪の大小によって罰の大小が決まるわけではない。わずかな罪でも死刑となる。われのいっていることが、わかるな」

「わかります」

趙梁が邯鄲の兵を率いて代兵を討ったことが大罪になりかねない。

「では、ただちに、後陣にいる兵を離宮のなかに突入させ、主父の配下を残らず排除

せよ。王の治世《ちせい》のために、どうしてもやらねばならぬのだ。それが汚名《おめい》になるのであれば、われがすべてをかぶる」

「主父をお討ちになるのですか」

趙梁の目がすわった。

「いや、主父を殺してはならぬ。宮殿の外にだしてはならぬ」

「なるほど、そういうことであれば――」

公子成の意図《いと》を察した趙梁は、拝礼すると、千五百の兵を率いて、北の離宮へむかった。

日が西にかたむいている。

趙梁は李兌に会って、ここからはわたしにおまかせください、といい、破壊された門から兵をなかにいれた。この兵は、主父の宮室にまっすぐにむかったので、主父を衛る兵から、

「逆賊――、極悪非道《ごくあくひどう》の者ども――」

と、罵倒《ばとう》された。が、突進した趙梁配下の兵は、その罵声《ばせい》を弾《はじ》き飛ばし、立ちふさがる兵をなぎ倒した。主父の側近にもひるまず戟《げき》をむけて、撃殺をつづけた。日没後も戦闘はつづいたが、室内がすっかり暗くなるまえに交戦の音は熄《や》んだ。死体をかた

づけるように命じた趙梁は、主父の室をのぞいた。主父は几《き》に肱《ひじ》をおいて目をつむっていた。坐睡しているようにもみえた。物音を立てずに燭《しょく》を室内にいれた趙梁は、主父にむかって一礼すると、室外にでて嗚咽《おえつ》した。

――ふたたび主父さまの雄姿《ゆうし》をみることはない。

粛々《しゅくしゅく》と門外に引き揚げた趙梁に、よくやった、と声をかけたのは、李兌ではなく公子成であった。趙梁の報告によって、主父のようすを知った公子成は、ふむ、ふむ、と二度うなずき、うしろに立っている李兌に、

「昼夜、ひとりの出入りもみのがさぬように、兵を立てよ」

と、命じた。

翌日、百人の兵をなかにいれて宮室に隠れている者がいないか調べさせたあと、食料を外へ運びださせた。

乱の終《しゅう》熄《そく》

耳の早い嘉玄《かげん》が公孫龍《こうそんりょう》のもとにきて、低い声で報告をおこなった。

「公子は主父《しゅほ》さまを餓死《がし》させようとしています」

「そうか……」

と、いった公孫龍の声がうつろになった。こういう最悪の事態はありうる、と公孫龍は想像していたが、その事態に直面すると、心の揺漾《ようよう》が熄《や》まなかった。

――そもそも最初からおかしい。

主父が趙《ちょう》国を南北に二分して北の王を安陽君《あんようくん》にすると決めたのであれば、群臣を集合させた際にそれを告げれば、これほどの騒乱にならなかったであろう。その意図《いと》を群臣にいきなり告げると、国内に動揺がひろがる、と主父が深思《しんし》したのであれば、沙《さ》丘《きゅう》に安陽君、恵文《けいぶん》王、東武《とうぶ》君《くん》という三人の子と宰相《さいしょう》の肥《ひ》義《ぎ》を招き、趙国の未来図を披《ひ》露《ろう》すればよかったのではないか。もっともわかりにくいことは、安陽君を代《だい》に帰しておいてから沙丘にこさせたことである。

――ほんとうに主父は安陽君をつかって趙王を殺そうとしたのか。

あるいは安陽君が主父の配慮《はいりょ》を読みちがえて、恵文王を急襲したのか。そうであっても、そうでなくても、安陽君が主父のもとに逃げ込んだ時点で、主父は仲裁《ちゅうさい》のために動くべきであり、

「章《しょう》(安陽君)はこころえ違《ちが》いをした。われが大いに叱《しか》っておいたので、赦《ゆる》してやってくれぬか」

と、邯鄲《かんたん》の恵文王へ使いを遣《や》り、主父がみずから公子成《せい》のもとにでむけば、ここまで事態がこじれることはなかった、と公孫龍はおもう。主父はおのれの威光に自信がありすぎて、乱をおさめる時宜《じぎ》を失ったのだ。

思考をつづけている公孫龍をみつめていた嘉玄は、突然、

「邪推《じゃすい》を申してよろしいですか」

と、いった。

「自分の推測を邪《よこしま》であるというか」

公孫龍は笑った。

「つまらぬ思いつきです。主父は、東武君を趙王にしたくなったのではありませんか。安陽君に趙王を殺させておいて、その罪をとがめて安陽君を誅殺《ちゅうさつ》すれば、残っている子は東武君しかいません。沙丘にきた主父が、東武君だけを身近においてすごしたの

は、東武君を乱にまきこませないようにする配慮であり、趙王を殺した安陽君が報告にくれば、その場で安陽君を捕斬《ほざん》して、群臣を納得《なっとく》させることができます」

「嘉玄よ、なんじの密察《みっさつ》は恐ろしい」

「その計謀をさまたげたのは、主《しゅ》よ、あなたさまです。趙王が主を随従《ずいじゅう》させなかったら、趙王はこの沙丘で撃殺されていたでしょう。つきつめれば、この乱は、主父とあなたさまとの戦いであったのです。そんなことがわからぬ主父でしょうか。主父がなんとしても殺さなければならなかった相手とは、あなたさまであったはずです」

「おい、おい」

公孫龍の笑いは苦《にが》くなり、すぐに凍った。心あたりがないことはない。

この日から公孫龍は暗い曇天《どんてん》をみあげるような気分ですごし、四日目をむかえた。昼に李兌《りたい》の使いがきた。うなずいた公孫龍は、童凜《どうりん》と嘉玄という二騎だけを従えて、北の離宮の西北にある李兌の舎《しゃ》にむかった。その舎は急造の宿泊所といってよく、あたりには李兌の舎のほかに小さな舎がいくつかあった。

「お従《とも》のかたは、ここで――」

と、李兌の使者は童凜と嘉玄を下馬《げば》させて、舎に近づけず、公孫龍だけをいざなった。舎の外には衛兵が立っている。ひとりやふたりではない、かなりの人数が監視《かんし》にあたり、この舎に人が近づかないようにしている。

——いやに、ものものしいな。

いぶかりつつ舎内にはいった公孫龍は、まさか、と息を呑《の》んだ。李兌とともに公孫龍を目でむかえたのは、邯鄲城内にいるはずの東武君ではないか。東武君はここまで目立たぬように微服《びふく》できたらしい。

「やあ、龍よ」

公孫龍を坐《すわ》らせた東武君の声は明るくない。ここまで東武君は李兌とこみいった話をしていたようだ。

李兌は公孫龍に目をむけて、

「そろそろ、そなたにむずかしい仕事をしてもらわねばならぬ、とおもっていたところに、東武君が密《ひそ》かにおみえになった。はからずも、東武君の意中もわれとおなじであった。東武君も、そなたしかこの秘事をはたせない、とお考えである」

と、感情を殺した声でいった。

——もしや。

公孫龍はふたりの趣意《しゅい》を汲《く》みとった。

東武君は公孫龍を悲しげにみつめながら、

「このままでは、父上は死ぬ。兄上が父上を殺したことになってしまう。わたしも父上の死を傍観《ぼうかん》した非情の子になり、諸侯から、いや、天下の士民から誹《そし》られよう。わたしは居ても立ってもおられず、そなたに父上を盗みだしてもらいたい、と懇願にきた。これは公子を裏切る行為になるので、たれにも頼めない。それができるのは、そなたしかいないのだ」

と、いった。

――やはり、そういうことか。

とっさに予想したこととはいえ、すぐに、承知しました、と安請《やすう》けあいできることではない。公孫龍はあえて困惑の表情をつくった。それをみて、李兌は小さくうなずいた。

「むずかしい仕事よ。いや、主父さまを盗みだすことくらい、そなたにとってはたやすかろう。むずかしいのは、離宮の外にでた主父さまに、二度と主父と名告《なの》らず、趙の国外に去ってもらうことだ。それを主父さまに誓わせることができるのは、公孫龍しかいない、とわれはおもっている」

主父が主父のまま邯鄲にもどっても、あるいは国内にとどまっても、大乱が生じてしまうので、ひっそりと国外にでて、余生をぞんぶんにすごしてもらえないか。かつて主父に仕えたことがある李兌は、旧主に背逆《はいぎゃく》するかたちになりたくない。

——虫のいい話だ。

とは、公孫龍はおもわなかった。趙の国のなかで主父の死を望んでいる者はひとりもいないであろう。主父ひとりを宮室内にとどめて重厚な包囲陣を布《し》いた公子成でさえ、主父を殺したくないとひそかに意《おも》っているにちがいない。なりゆきで、こうなった、としかいいようがあるまい。

もっともつらい立場にいるのは、恵文王である。たとえ公子成が沙丘に兵をとどめても、王言《おうげん》として、

「兵を引くように」

と、命令すれば、公子成はそれに従わなければならない。が、恵文王は沈黙している。というより、独《ひと》りで苦しんでいる。東武君は弟として兄の苦悶《くもん》を察して、沙丘まで密行してきたのであろう。

「できるかぎり、やってみましょう」

公孫龍はふたりを視《み》て、強くそういった。ふたりの目容《もくよう》が明るくなった。

夜、公孫龍は童凜、嘉玄、洋真《ようしん》、碏立《しゃくりつ》という四人を従えて、李兌の舎へ行った。東武君はいなかった。邯鄲へ帰ったという。

李傕の従者はふたりだけである。

「このふたりは、われの腹心だ。事を外に洩《も》らすことはけっしてない」

ふたりは巨大な燭架《しょくか》を車に載《の》せて牽《ひ》いた。李傕と公孫龍が牆《しょう》に近づいたとき、兵が騒ぎ、怒号にちかい声が飛び交った。牆にそってふたりの兵が走ってきたので、

「これ、これ——」

と、李傕が呼びとめた。ふたりの兵は李傕を怪《あや》しんで、戟《げき》をむけた。すかさず腹心のひとりが、

「李傕さまだぞ、控《ひか》えよ」

と、叱呵《しっか》した。ふたりの兵はおどろき、戟を地に置いて跪《き》謝《しゃ》した。

「いや、いや、詫《わ》びるにはおよばぬ。なにがあったのか」

ひとりの兵が首をあげた。

「牆を越えようとした者がいたようです」

「さようか。止めて、すまなかった。ゆくがよい」

李傕はふたりの兵を起《た》たせたあと、自身もかれらのあとにつづいた。ふたりの兵は李傕の先導役になったことを得意《とくい》がって、

「李傕さまのお通りだ、道をあけよ」

と、右往左往している兵をさばいた。

李兌の到着を知った隊長があわてて趨《はし》ってきた。

「夜中のご足労、痛みいります」

「いや、騒動を知ったのは、つい、さきほどだ。牆を越えようとした者がいたようだな」

「さようです。いましがた曲者《くせもの》を討ち取りました。こちらです」

牆から近くないところに三つの死体があった。炬火《きょか》を近づけた李兌は、

「李巧《りこう》か……」

と、つぶやき、わずかに愁傷《しゅうしょう》をみせた。李巧は主父の側近中の側近であり、主父を救いだそうとしたのか、食べ物をとどけようとしたのか、いずれにせよ、牆を越えることができず、発見されて、刺殺された。公孫龍はそれらの死体から離れて立っていたが、李巧とその配下が自分をひそかに監視していたことは知らない。

李兌は牆の上を指し、

「上が暗いことに気づいたので、大きい燭架を据《す》えることにした。牆に梯子《はしご》をかけてくれ。あとはこちらでやる」

と、いい、梯子がかかるまえに燭架に縄をかけさせた。公孫龍は四人の配下をさき

にのぼらせてから李兌に近寄り、

「主父さまを外にだしたあと、公子の検分《けんぶん》があったら、どうなさるのですか」

と、問うた。李兌は小さく笑った。

「公子はすでに邯鄲にもどられた。検分をおこなうのは、われである」

「なるほど、そういうことですか」

公子成が邯鄲へ帰ったのは、朝廷を動揺させないためであろうが、なによりも恵文王によけいな発言をさせないためであろう。沙丘の包囲陣をあずかった李兌は、離宮から主父が消えても、どこかから死体を運びいれて、

「主父さまはお亡《な》くなりになりました」

と、恵文王と公子成に報告して、その死体を河水《かすい》にながしてしまえばよい。

「いいぞ、上げてくれ」

公孫龍は牆上の楷立にむかって炬火を振ってみせた。ほどなく巨大な燭架が浮上した。

「では――」

李兌に目礼した公孫龍はすばやく梯子をのぼった。牆上に立った公孫龍は、李兌の腹心に、あとはよろしく、と声をかけて、垂《た》らされた縄をつかんで庭へおりた。楷立

だけが牆上に残った。

主父の寝所の位置はわかっている。

炬火が要《い》らないほど月の光が明るい。

宮室の入り口は破れたままで、奥の柱と壁にも刃で削《けず》られた痕《あと》がある。奥へ奥へとすすんだ公孫龍は、寝室のまえに立つと、

「龍、入ります」

と、告げた。なかから応答はない。炬の火を燭火《しょくか》に替《か》えた公孫龍は寝室のなかにはいった。牀《しょう》の上に横たわっている主父は動かない。主父は衰弱してはいるが、瀕死《ひんし》というわけではない、と公孫龍はみた。枕頭《ちんとう》に坐った公孫龍は、

「粥《かゆ》を作らせます。お召し上がりください」

と、いった。すると、主父の唇が動いた。水を――、と、いったようである。腰にさげてきた瓠《ひさご》をもちあげた公孫龍は、主父の唇に水をゆっくりと垂らした。やがて、その唇がひらくようになった。それをみた童凜が粥を作るために厨房《ちゅうぼう》へ趨った。

水を飲みつづけた主父が目をひらいた。その目は公孫龍にむけられず、虚空《こくう》にむけられている。主父にはことばを発する体力がない。が、病というわけではないので、ひと匙《さじ》の粥が主父の体力だけでなく気力をも蘇生《そせい》にむかわせるであろう。

公孫龍は黙って主父の横顔をみつめている。主父の呼吸をうかがっている、といったほうがよい。

やがて童凜がささげた食器をうけとった公孫龍は、

「主父さま、これをお召し上がりになったら、離宮をでましょう。趙の国からも去りましょう。北辺《ほくへん》の長城までお従します。長城の外の天地は無限に広く、そこにこそ、主父さまのための精気がみなぎっています」

と、説《と》きつつ、匙の粥を唇のあいだにいれた。主父は粥を食べた。一、二度、噎《む》せた。そのつど、公孫龍は水を与えた。

主父の唇が動かなくなった。粥はもうよい、ということであろう。食器と匙をおろした公孫龍は、

「半時後には、主父さまはお起ちになれるでしょう。それがしをつかわされたのは、東武君と李兌どのです」

と、いった。それには応《こた》えなかった主父だが、ようやく顔を動かして公孫龍を視た。わずかに目尻《めじり》が光った。

「龍よ……、われは、そなたを、殺そうとした」

公孫龍はおどろかない。

「天祐《てんゆう》は、そなたにあり、われには、なかった。天に棄《す》てられた者は、死なねばならない」


　そういった主父の呼吸が急に荒くなった。

「御免《ごめん》――」

　公孫龍は主父の軀《からだ》をすこしかかえて横むきにして、背中を撫《な》でた。しばらく撫でていると、主父はねむってしまった。それをみた嘉玄が、

「これでは、外へお運びできません」

　と、公孫龍にささやいた。

「いそぐことはない。一時《いっとき》でも、二時《ふたとき》でも、待てばよい」

　公孫龍は枕頭からはなれなかった。

　やがて主父の声があった。

「龍よ、まだいたのか。去るがよい。われはここから出ない。われはそなたのような子が欲しかった」

　はっと仰首《ぎょうしゅ》した公孫龍は、うしろにいる嘉玄に、

「主父さまのおことばをきいたであろう。引き揚げよう」

　と、いった。嘉玄が困惑の表情をみせた。

「どうした」

「いえ、その……。主父さまは、なにもおっしゃらなかったのですが……」

「えっ――」

おもわず公孫龍は主父の顔をのぞきこんだ。たしかに主父はねむりつづけている。

――主父さまには、これ以上、為《な》すべきことがないのだ。

公孫龍は無言で起ち、室外にでようとした。窓辺にゆらゆらと光っているものがある。月光のなかで微《かす》かに揺れていたのは鳥の羽であった。それを手にとった公孫龍は、

「雀《すずめ》の羽か」

と、つぶやいたあと、あっ、と気づいた。主父は雀を食べたのだ。

そのときまで主父は生きようとしていたが、いまは死のうとしている。

室外にでた公孫龍は一礼してから、庭を趨り、垂れている縄をつかんで牆を登り、上に立った。事の成否《せいひ》を問いたがっている李兌の腹心には、

「東武君と李兌どののご篤情《とくじょう》は、主父さまにお伝えしました。が、主父さまはここからお出ましにはなりません」

と、告げた。このあと本営へ行って李兌に会った公孫龍は、主父の現状を語り、

「主父さまにとってこの離宮が死所です。すでに魂魄《こんぱく》は軀から離れています。なかに

忍び込んだ者がいても、救いだすことはできません」

と、述べた。

「さようか……」

李兌は横をむき、涙をこらえた。趙の群臣のなかで主父を敦崇《とんしゅう》しなかった者などひとりもいない。趙を富ませ、強国にしたのは主父の大胆な改革のおかげであり、外交も巧妙で、中原《ちゅうげん》における諸国間の争いに介入しなかったため、軍資の浪費はなく、国の威勢は北と西へ伸びて千里のかなたまで達した。それでも、それは主父の意中にある計図《けいと》のなかばしか実現できていないのかもしれず、完成図は李兌の想像を超《こ》えたところにある。ここで主父が死去すれば、その完成図はたれもみることができない。

「主父さまは、なぜ——」

李兌はくやしくてならず、それだけに悲しみも深い。

「龍よ、よくやってくれた。もはや、ここでは、そなたに頼むことはない」

李兌の声をきいた公孫龍は、一礼して、しりぞいた。客殿にもどる途中で、

「童凜よ、粥を残してきたか」

と、問うた。

「たっぷりと——」

「あの燭架を据えた牆上にふたたび登り、縄を垂らしたままにしておくように。怪しまれたら、李兌さまの名をだせ。洋真よ、なんじも行ってくれ」

ふたりを遣った公孫龍は、微笑した。鋭敏な嘉玄は、

「主父さまの衰弱ぶりは、擬《ぎ》態《たい》である、とごらんになったのですか」

と、いった。

「あの主父が、たった四日で、あれほど衰えるであろうか」

「お起ちになれたのなら、どうしてわれらとともに牆の外に出られなかったのでしょうか」

「そこまでは、わからぬ。が、主父さまは牢獄《ろうごく》に入れられたようなものであり、今日までさまざまなことをお考えになったであろう。亡くなったお后《きさき》と語り合い、先代の粛《しゅく》侯とも話し合われたにちがいない。そのうえで、心をお定めになった」

たとえ主父が独力で離宮の外にでたとしても、邯鄲に帰らず、代にも行かず、趙国の外に棲《す》むのではないか、と公孫龍は想《おも》っている。

数日後には取《と》り壊《こわ》される客殿にはいった公孫龍は、童凜と洋真の帰りを待った。ふたりの帰りは遅かった。ふたりの身を案じた公孫龍が門外にでたとき、ふたつの影が走ってきた。

「どうした。なにがあった」

「ご心配をおかけしました。童凜と牆上に登って縄を垂らしたのですが、いまいちど、寝所をうかがってみようということになって、宮室にはいったのです」

洋真の声は低い。

「それで――」

「主父さまはお亡くなりになっていました。いえ、みたわけではありません。寝室の外でけはいをたしかめただけです。主父さまは微動だにせず、呼吸もしておりません」

洋真の感覚のするどさは尋常ではない。それについて疑いをもたない公孫龍は、

――主父は自殺したのかもしれない。

と、このときはおもったが、あとで童凜に、なんじも寝室にはいらなかったのか、と問うた。

「惶《おそ》れ多くて、はいれません」

「では、すでに、主父さまが寝室にいなかった、とは考えられぬか」

「まさか――」

と、いいたげな顔をした童凜は、厨房に残してきた粥の量が減っていたことを憶《おも》い

だした。

三日後に公孫龍は邯鄲の自邸に帰着した。

七日後に、趙王室は主父の喪《も》を発した。主父は病死した、と発表した。ほぼ同時に、公子成が宰相となり、李兌が司寇《しこう》となった。司寇はもともと警察長官であるが、ここでは法務大臣であると想ってよいかもしれない。

趙は新体制となった。

——主父さまは、ほんとうに亡くなったのか。

数日間、公孫龍はぼんやりしていた。主父の死を確認したのは李兌であるが、たとえ李兌に問うても、主父さまは逝去《せいきょ》なさった、と答えるだけであろう。李兌の側近はそろって口が堅いので、よけいなことはなにもいうまい。

「そろそろ燕《えん》へもどるとするか」

と、公孫龍が左右にいった日に、恵文王の使者がきた。明日、参内《さんだい》するように、ということである。

「王は主にたくさんのご褒美《ほうび》をおさずけになるのですよ」

と、童凜ははしゃいだ。

「いや、そうではあるまい。いま王は喪に服しておられる。内密のお話があるのだろう」

翌朝、宮中にはいった公孫龍は、庭の隅にある小宮殿に導かれた。いわばそれが斎《さい》宮《きゅう》である。

「おっ、白海《はくかい》――」

斎宮はしばしば暗殺の場となる。喪に服す者は武器をもたず、また護衛の人数がほとんどいないのが通例で、襲撃をおこなう者にとって好都合の場所になるからである。

その斎宮を、白海が衛《まも》っていた。公孫龍に目礼した白海は、

「さ、どうぞ――」

と、いい、入り口の戸を軽くたたいた。

苦難の大商人

恵文王《けいぶんおう》は、病《やまい》ではないかとおもわれるほど、やつれていた。

「われは父上を殺した……」

慙愧《ざんき》をしぼりだしたような声であった。おそらく恵文王は今日まで、そのことばを何百回と心中でくりかえしたものの、たれにもいうことができず、公孫龍《こうそんりょう》の顔をみたとたん、心と唇がほころびをみせたにちがいない。

恵文王のつらさを痛いほどわかる公孫龍は、すこし膝《ひざ》をすすめて、

「王よ、わたしの申すことを、よくお聴きください。主父《しゅほ》を殺したいとおもった者は、王をはじめ断徒《しと》にいたるまで、ひとりもおりません。あの離宮を兵で囲んだのは、王でしょうか、公子成《せい》さまでしょうか。あの重囲《じゅうい》は、人ではなく天が為《な》したものです。天が造った牢獄《ろうごく》と申してよいでしょう。子は父の罪を咎《とが》めることはできません。天が王に代わってそれをおこなったのです。主父がどのような罪を犯したのかは、天にしかわかりません。いや、主父にはわかったのでしょう。ゆえに主父はご自身を罰するように亡《な》くなられたのです」

と、いった。

これは乱の終熄後《しゅうそく》に、考えつづけてきたことである。愁悶《しゅうもん》の恵文王をなぐさめるためにとっさにおもいついたことではない。

黙って涙をながしていた恵文王は、やがて、

「ひとつ、うわさがある。それは、そなたが父上を救いだしてかくまっている、というものである。それはまことであるか。そなたが虚妄《きょもう》を述べる者ではない、とわかりすぎるほどわかったうえで、あえて問う、それはまことであるか」

と、細い声で問うた。

——そんな、うわさがあるのか。

主父の軀《からだ》を離宮の外へ移そうとしたこころみを知っているのは、公孫龍と従者をのぞけば、李兌《りたい》と腹心《ふくしん》のふたり、それに東武君《とうぶくん》だけである。

——うわさは東武君のあたりから生じたのだろう。

兄おもいの東武君は、恵文王の苦悩をやわらげるために、つい、よけいな推量を語った、とも考えられる。

公孫龍は恵文王をまっすぐに視《み》た。

「わたしは亡くなるまえの主父にお会いし、枕頭《ちんとう》で粥《かゆ》をさしあげました。主父がお起《た》

ちになれば、そのまま離宮の外にお連れし、さらに趙《ちょう》国の辺陲《へんすい》までお運びして、そこでお別れするつもりでした。が、牀《しょう》に横たわっておられた主父は、すでに抜《ぬ》け殻《がら》でした。いまになっておもえば、王が狩りのさなかに遭遇《そうぐう》なさった虎《とら》こそ、主父であったのです。あの時点で、主父は虎に化しておられた。離宮の主父は、虚《きょ》にすぎなかった。実《じつ》である虎に矢を放たなかった王は、主父をあやめたことにはなりません。主父はいまだにあの森林のなかで生きておられるのです」

恵文王は嗚咽《おえつ》した。が、ほどなく悲嘆の色は剝《は》がれた。

「われは、またしても、そなたに救われた。あの離宮に囚《とら》われていたのは、われの心であり、そなたが救いだしてくれた。われにとってそなたは天与《てんよ》の人である」

「惶《おそ》れいります」

恵文王がたれにも苦衷《くちゅう》をうちあけることなく、斎宮《さいきゅう》に籠《こ》もって、自身を責めつづければ、ほんとうに病んでしまい、ついには聴政《ちょうせい》の席へ帰らぬ人になってしまう。それこそ趙国にとって最悪の事態であり、公孫龍はここでも恵文王を死の淵《ふち》に墜《お》ちないように扶助《ふじょ》したといえる。

「では――」

と、しりぞこうとした公孫龍に、

「龍よ、白海《はくかい》をわれにくれぬか。いや、白海の主人がどこまでもそなたであることは、わかっている。ゆえに、当分の間、われに貸してもらいたい」

と、恵文王が嗄《か》れた声でいった。離宮での戦闘のさなかにあって、恵文王は白海の武技《ぶぎ》に神力《しんりょく》を賭《み》たのであろう。以後の護衛のしかたに感心し、信用を篤《あつ》くしたにちがいない。むろん白海は恵文王の篤厚《とくこう》を承《う》けて、王宮を去りがたくなった。ゆえに公孫龍のもとにもどらず、ここにいる。

「喜んで、お貸しします」

もともと白海には商賈《しょうこ》の道が適《あ》っていない。恵文王を護衛し、やがて近衛《このえ》兵の長となる道にすすむべきであろう。

斎宮の外にでた公孫龍は、すばやく近づいてきた白海に、

「安陽君《あんようくん》と田不礼《でんふれい》の近臣や縁者《えんじゃ》が死に絶えたわけではない。また王の暗殺をたくらむ者はほかにもいよう。王を護《まも》りぬいてくれ」

と、いった。

「あなたさまから離れるのは、断腸《だんちょう》のおもいです。しかし、復生《ふくせい》は奥義《おうぎ》に達しています。向後《こうご》は、復生があなたさまを衛《まも》ってゆくでしょう」

「われのことは心配するな。どうしてもそなたの力が要《い》るときは、王に頼みにくる

さ」

一笑した公孫龍に、白海は、

「相《しょう》があなたさまをお招きです。あそこにひかえている下僚《かりょう》に従って、府《ふ》へおゆきください」

と、歩きながらいった。白海は恵文王のようすがどのようであるかを公孫龍にたずねなかった。斎宮からでてきた公孫龍の表情をみただけで、

――このかたは、王をお慰めしたのだ。

と、直感した。ほんとうに悲しみ、苦しむ者をことばによって慰藉《いしゃ》することは至難《しなん》である。それがわかるだけに、重臣と側近はたれも恵文王をいたわることばを献じなかった。群臣に気をつかわせていることがわかる恵文王には、つらさが募《つの》ったであろう。

主従のあいだに滞留《たいりゅう》しているぎごちなさを、公孫龍はやすやすと破ったのだ。

――人を救うとは、こういうことなのだ。

白海は公孫龍の非凡さをあらためて実感した。

宰相府《さいしょうふ》へはいった公孫龍は、廂《しょう》というべき小さな室《へや》で、公子成を待った。半時後にあらわれた公子成は、胡服《こふく》を着ていなかった。朝廷でも胡服を着用すべし、という規

則を、公子成はまっさきに破棄した。

「やっ、待たせたな」

この口調にも、政務の多忙さが表れている。

「明後日に、燕《えん》へ行くつもりです」

「それは知らなかった。発《た》ったあとでなくてよかった。沙丘《さきゅう》におけるそなたの働きが抜群であったことは、李兌からおしえられなくても、わかっている。そこで、賞功《しょうこう》として、わが国で塩の売買をおこなうことを許可する。存じておろうが、塩の売買は国の専有《せんゆう》であり、その専売権を二、三の商家に貸与《たいよ》している。それにそなたの家を加える」

「かたじけないことです」

国家の専売事業を代行する商家が巨富《きょふ》を得ていることは、公孫龍も知っている。

「ほかに内密の話が、ひとつある」

「それは、どのような――」

「わが国は燕と国境を接するようになった。そこで、燕と和親したい。明年、王が服《ふく》忌《き》を終えられたら、王の使者が燕へ往《ゆ》く。むろん燕王への包茅《ほうぼう》なしで謁見《えっけん》はしない。そなたなら、そのあたりをうまく、燕王の側近に話せるであろう」

「そういうことでしたら、うけたまわりました」

公子成がいった包茅とは、貢《みつ》ぎ物にちがいない。大国である趙が辞《じ》と腰を低くして、善隣《ぜんりん》外交をおこなうということである。あるいは燕とだけは戦いたくないという軍事構想なのか。とにかく主父が亡くなったことにより、趙の政治と外交が変わることはたしかである。

帰宅した公孫龍はさっそく近くの数人を集めて委細を語《つ》げ、塩の専売に関しては棠《とう》克《こく》にまかせた。ひとり、深刻さをみせたのは、復生である。

「白海先生はおもどりにならず、趙王にお仕えすることになったのですか」

「はは、なんじは武技の奥義に達している、と白海は申していた。これからわれは、なんじに衛ってもらうことになる。よろしく、たのむよ」

公孫龍はあえて僄《かる》い口調でいった。

「大任です」

きまじめさが体貌《たいぼう》に露呈《ろてい》した。

「復生よ、人は自分のことがわからぬものだ。ここにいる復生が、かつての発県《はっけん》であると、たれがわかろうか。白海に鍛《きた》えられたなんじは、みずから活人剣を模索《もさく》したにちがいない。その激しい独習ぶりは、白海をのぞいて、たれも知らぬ。われにわかることは、なんじの体つきと人相がすっかり変わったということだ。もっとも変わったのは、目だ。目がちがう。昔のなんじの目は、怨苦《えんく》をかくすために、冷《ひ》ややかで静かだった。弱い目であったともいえる。が、いまのなんじの目は、強く、澄んでいる。強くなければ、弱者は救えぬからな」

「恐れいります」

復生は主父の死に衝撃をうけたひとりである。恵文王を怨敵《おんてき》として、暗殺する機会をうかがい、策をめぐらせて急襲したものの失敗した。

——天にさまたげられたのだ。

いまになると、それがわかる。ほんとうの怨敵は主父であったのだ。天が主父を誅《ころ》した。個人の復讎《ふくしゅう》などは、浅はかなものだ。復生はそれを痛感した。

——燕にいる仙英《せんえい》（昔の渠杉《きょさん》）も、おなじように感じているだろう。

復生はその仙英との再会を楽しみにした。とにかく復生は情念にかかわる重い荷物を、おもいがけなくおろすことができたというおもいであった。

公孫龍は出発を半月のばした。

塩の専売権を貸与されたことで、国の役人を相手に複雑な手続きをおこなわねばならず、同業者の顔を知っておく必要もあった。繒絮《そうじょ》（きぬとわた）を車に積んでは、三家を訪ねた。一家では、不快をぶつけられたかたちで、門前払いにされた。ほかの二家のなかの雲氏《うん》とよばれている家の主人は、初老で、いかにも紳商《しんしょう》といってよい居ずまいの人であった。公孫龍を奥の一室に請《しょう》じ入れると、

「わたしは鵬由《ほうゆう》の友人なのです」

と、いきなりいって、公孫龍の反応をみた。

公孫龍は口をひらかず、微笑しただけである。鵬由は趙の大商人であるが、公孫龍はあえて会わないできた。

「鵬由は、主父さまにたいそう信用されていただけではなく、安陽君と田不礼にも愛《あい》顧《こ》されていました。また周《しゅう》の大夫《たいふ》の家に出入りし、とくに召《しょう》公に信頼されていました。ところが、どういうわけか、それらのかたがたは内紛によってすべて亡くなりました。こういう話に関心がなければ、やめますが……」

「いえ、つづけてください」

公孫龍は雲氏の意図《いと》をさぐるように睹た。あとでわかったことであるが、雲氏は名を、

「常《じょう》」

と、いい、父の雲遠《うんえん》は主父の祖父にあたる成侯《せい》に仕えていたが、あるとき商賈に転

じたらしい。

「鵬由は多大の武器と軍資を叛乱《はんらん》軍に提供した罪を問われ、王室への出入りを禁止されただけでなく、無期限の閉店をいいわたされました」

「そうでしたか。知りませんでした」

「邯鄲《かんたん》が工業の都として栄えてきたのは、鵬由家があったからです。鵬由家が潰《つぶ》されますと、路頭《ろとう》に迷う者が何百、何千とでるのです。宰相になられた公子成さまは、鵬由にかわる者をお捜しのようですが、一朝一夕《いっちょういっせき》に、みつかるはずがないのです」

「それほどの家であったのですか……」

鵬由の商賈としての実力を、公孫龍はここではじめて知った。

「たれも鵬由のかわりはできないということです。わかってくれますね」

「わかりますが……、それとわたしがどのような――」

この公孫龍の問いに、雲常ははっきりと答えた。

「鵬由を救えるのは、あなたしかいない」

「えっ――」

公孫龍は雲常をみつめなおした。こんどは雲常が微笑した。

「わたしはまえの宰相の肥義《ひぎ》さまとは懇意《こんい》であったのです。だいぶまえから、あなたのことは知っていた。いまの王と東武君をたびたび救助したことによって、おふたりから兄のように慕われている。あなたのことばであれば、王は従うでしょう」

公孫龍は内心で失笑した。

「失礼ながら、あなたは鵬由どのの友人であるといいながら、事を人まかせにする薄情者です」

「なんですと――」

雲常のまなざしに険《けん》がでた。

「そうではありませんか。いま王は喪に服しておられ、聴政の席にもどるのは明年です。それまで、いや、それからも、趙国の政治をおこなうのは公子成さまです。王のご意向がすぐに政治に反映されるかたちになるのは、数年後です。それがあなたにわかっていながら、公子成さまを説《と》こうとしない。いま鵬由どのを弁護すれば、叛逆《はんぎゃく》に加担したとみなされかねないからです」

雲常は唇を嚙《か》み、公孫龍を睨《にら》んだ。

「あなたは私欲の人ではない、と推察しています。趙国の利害を考えている。同意の人たちをお誘いになって、公子成さまに嘆願しないかぎり、この件は解決しません。わたしごときが、なんの力になれましょうや」

「ううむ……」

雲常は唸《うな》った。こんな若造《わかぞう》にやりこめられた自分に腹が立った。が、公孫龍のいったことが正論であるにちがいない。

——それにしても、この男は何者か。

若いくせになみなみならぬ胆力をそなえている。超絶の武技を身につけ、配下も異能の持ち主ばかりで、いまの王と東武君だけでなく、中山《ちゅうざん》では主父をも護ったらしい。いかにも商賈にしておくのは惜《お》しい。いや、実体は商賈ではあるまい。もしかすると、商工業者の不正を摘発《てきはつ》する陰《かげ》の監察官か。

「わかった。わたしは、勇気が欠けていた。あなたによけいなことを頼んだ」

「公子成さまは正理《せいり》が通じないかたではありません」

公子成は剛愎《ごうふく》な人ではあるが、我欲によって政治を枉《ま》げたり、理に逆《さか》らったりはしない、と公孫龍はみている。しかし、いちど決定したことをたやすく更《か》えたりはしない人なので、説得にむずかしさがつきまとうことは覚悟しなければなるまい。

このあと公孫龍は、

「すでにご存じでしょうが——」

と、塩の専売権を貸与されたことを告げ、なにぶん新参者なので、よろしくおひき

まわしのほどを、と深々と頭をさげた。この鄭重《ていちょう》さをみた雲常は、気分をあらためたようで、

「こまかなことは、家宰《かさい》の佗住《たじゅう》からきいてください」

と、しめりのない声でいい、室をかえた。公孫龍はその室に棠克を呼びいれて、専売業者間のきまりや行事などを佗住から教えてもらった。佗住はおそらく四十代で、富家《ふか》をきりもりする才気をそなえた器量をもっていた。

――雲家は、この人でまわっている。

公孫龍はそう観察した。佗住の教えかたには過不足がなく、あとで棠克は、

「ほどがよい、とは、あのことです。儒者《じゅしゃ》は、過ぎたるは及ばざるがごとし、といって、中庸《ちゅうよう》を尊《たっと》んでいるようですが、商戦でも、それがあてはまり、佗住がいるかぎり、他家の怨《うら》みを買うことはなく、雲家はながつづきしましょう」

と、感心をかくさずにいった。

「家中に華美なものがいっさいなかった。雲氏は富人《ふじん》なのにきわめて質素な衣服を着ていた」

「あっ、そうでした。雲氏は評判のよい商人ですが、実のところ、吝嗇《りんしょく》なのですか」

「いや、そうではない。雲氏は不幸な死を遂《と》げた肥義さまを悼《いた》んで、ひそかに喪に服

しているのだ。それだけでも、誠実な人であるとわかる」

帰宅した公孫龍はすぐに嘉玄《かげん》、洋真《ようしん》など数人を集めて、鵬由家に下った咎めを語げ、

「鵬由が、いまどこにいて、どのようにしているのか、調べてくれ。われは鵬由に会ってから、燕へ往く」

と、いった。

報告は早かった。鵬由は本宅《ほんたく》にはおらず、別宅にいるという。しかもその別宅というのは、洋真と杜芳《とほう》がしばらく借りていた瀟洒《しょうしゃ》な家で、公孫龍も宿泊したことがある。緑がゆたかな家であった。

「鵬由は本妻《ほんさい》と妾《しょう》を病で失ったあと、再婚はしていません。子は艾《がい》という男子のみで、その子と家宰の伊泙《いへい》だけを従えて別宅へ移ったようです。むろん僕婢《ぼくひ》が数人はそこで働いているでしょうが、商売上、鵬由の手足となっていた者は、ひとりも従っていません。随従《ずいじゅう》を禁止されたのでしょう」

と、洋真が述べた。

「ははあ、どこまでも鵬由に商売をさせないということか」

安陽君と田不礼の残党に、鵬由がひそかに資糧《しりょう》を遺《おく》ることを、公子成が恐れている

とすれば、もはや無用の憂心《ゆうしん》ではあるまいか。群臣のなかで安陽君と田不礼の叛乱を憎む者はいても、ふたりの死を悼痛《とうつう》する者などひとりもいないであろう。ふたりの臣下であった者が四散し、潜伏しても、ふたたび結束《けっそく》して蹶起《けっき》できるほど、趙の群臣は不安定ではない。

「われは鵬由の家人ではない。会っても、さしつかえなかろう」

「たれも会えません。閉門《へいもん》の状態で、表に役人が立っていますよ」

「ならば、裏からはいるまでだ。洋真よ、あの家は川に臨《のぞ》んでいた。川辺から庭にのぼってゆく路《みち》があった。上流に舟を浮かべてくれ」

翌々日、二艘《そう》の小舟を荷車に載《の》せ、鵬由の別宅へむかった。やがて、みおぼえのある小川にそってすすんだ。小川といっても、水量はあいかわらず衍《ゆた》かである。途中で、迂路《うろ》をとり、上流へまわった。

川辺は草いきれが勁《つよ》く、立っているだけで息苦しくなった。二艘の舟がなかば水に浮いたのをみた公孫龍は、馬と荷車を牽《ひ》いてきた者たちに、

「下流で待つように――」

と、指図を与え、舟に乗った。一艘には三人しか乗ることができず、公孫龍の舟には童凜《どうりん》と洋真が乗り、それにつづく舟には嘉玄、碏立《しゃくりつ》、復生が乗った。

ながれが速い。

ときどき童凜が操《あやつ》る棹《さお》が効《き》かず、舟がななめになった。

「これでは、別宅を通り過ぎてしまう」

公孫龍は眉《まゆ》をひそめた。が、洋真はあわてず、

「川は別宅の近くでゆるやかに曲がっており、川幅も広くなっています。鵬由が舟をつかうために、川幅を拡《ひろ》げたのでしょう」

と、いった。実際、舟が別宅に近づくと、速度が落ちた。大きくない桟橋《さんばし》がある。そこに舟を寄せた。

庭の手入れはゆきとどいており、景観をけがす蕪然《ぶぜん》とした草はどこにもみあたらない。舟をおりた公孫龍が磚《かわら》の敷かれた径《みち》をゆっくりのぼってゆくと、

「こりゃあ」

と、怒声を放ちながら、僕人《ぼくじん》が飛んできた。にぎっている大鎌《おおがま》を掲《かか》げて公孫龍を威《い》嚇《かく》した。

「ここは鵬家の庭だぞ。さっさと立ち去れ」

そういった僕人だが、公孫龍のうしろの人数をみて、なかばおびえたように、

「艾さま、艾さま」

と、あとじさりをしつつ、声を揚げた。この若者が、鵬艾ほどなく庭に走りでた若者は、公孫龍より二、三歳上にみえた。この若者が、鵬艾なのであろう。かれはむやみに怒声を放つことなく、松の大木の陰に腰をおろした公孫龍に近づき、

「それがしは鵬由の子で艾と申します。あなたさまは――」

と、用心しながら問うた。

「わたしは趙と燕で商賈をおこなっている公孫龍といいます。燕へ発つまえに、ご尊《そん》父《ぷ》にお目にかかりにきました。あっ、申しわけありませんが、この松韻《しょういん》はここちよいので、ご尊父にはここまでご足労ねがいたい」

公孫龍は川面《かわも》を眺めたまま、顔を動かさず、あえて不遜《ふそん》なことをいった。が、これは公孫龍の用心である。家屋のなかで鵬由に面会すると、禁忌《きんき》にふれるかもしれない。

「しばらく、お待ちを――」

鵬艾は足早《あしばや》に去った。公孫龍は耳を澄ましてその足音を聴き、

――賢い人だ。

と、直感した。足音は、その人の賢愚《けんぐ》を表す。足音はつくろいようのないものであ

る。すぐに別の足音がした。鵬由が庭にでてきたのであろう。

——ほう……。

鵬由はいそぎもせず、もったいぶってもいない。そういう歩きかたをして、なかば松陰《しょういん》にはいった。

新制の国

松の葉が微《かす》かに揺《ゆ》れている。

川から吹き上がってくる風を感じながら、鵬由《ほうゆう》は地に坐《すわ》った。

——おや……。

鵬由のまなざしが揺れた。公孫龍《こうそんりょう》という初対面の客のうしろに、みおぼえのある顔があるではないか。洋真《ようしん》と嘉玄《かげん》の顔を認めた鵬由は、すばやく想念をめぐらせたあと、あっ、とのけぞるような容態をあらわにした。直後に、両手を土の上について、

「あなたさまは、行方不明になられた、周《しゅう》の王子稜《りょう》さま……」

と、おどろきを籠《こ》めた声でいった。

「王子稜の行方はわかっているよ。河水《かすい》の底でねむっている。ここにいるのは、河水の泥《どろ》で作られた人形が、召《しょう》公に息をふきかけられて、魂魄《こんぱく》を得た姿だ。あなたは召公を陰助《いんじょ》してくれただけでなく、わたしをも助けてくれた。わたしが持っている武器は、あなたが作ってくれた刀《とう》だ」

公孫龍は膝《ひざ》をまわして鵬由にまむかった。

「ああ、さようでしたか」
往時、心にひっかかっていたことが、いま、腑《ふ》に落ちたという顔の鵬由は、うなが
されて、仰首《ぎょうしゅ》した。
苦境にあるはずの鵬由だが、意外なほどの温容《おんよう》である。商人であっても、ここまで
くると、利害どころか生死にもこだわっていないようにみえる。

「鵬由どの、このたびは災難《さいなん》でした。あなたは主父の仰《おお》せを遵守《じゅんしゅ》したにすぎないでし
ょう。結果として、叛乱《はんらん》を支援したことになった。公子成《せい》さまは、主父を餓死《がし》させた
という汚名《おめい》をこうむることを恐れるあまり、必要以上に厳しい処置をおこなった。そ
れがわかっていながら、群臣は諫言《かんげん》を呈《てい》することができないというのが現状です。し
かしながら、あなたの家が潰《つぶ》れたら、趙《ちょう》の商工業が火が消えたようになることを、わ
からぬほど公子成さまは愚かではない。わたしはあなたに恩返しをしたい。すぐに、
というわけにはいかないけれど、かならず閉門《へいもん》を解《と》いてみせます」

おだやかなまなざしで公孫龍をみつめていた鵬由は、胆力を感じさせる声で、

「あなたさまをよみがえらせたのは、河水の神でしょう。いま、あなたさまから光彩《こうさい》
が放たれています。あなたさまのことばを、なんで疑いましょうや。心をやすらかに
して吉報をお待ちしています」

と、いった。

——もっと早く、この人に会っておくべきだった。

そう感じた公孫龍は、よけいなことはいわず、舟にもどって、別宅をあとにした。この川下流で待機している家人をみつけると、舟を岸に着けさせた。もしかすると、この川は鵬由家の本宅《ほんたく》の近くをながれていて、鵬由は別宅から舟で本宅にかよっていたことがあるのではないか。さらに想像をすすめると、あの鵬艾《ほうがい》という息子は、本妻の子ではないのではないか。この時点では、それらはすべて臆測《おくそく》にすぎないが、家人に調べさせれば、すぐにわかることである。

舟をおりた公孫龍は、洋真らにこまごまといいつけ、自身は童凜《どうりん》と嘉玄だけを従えて馬車に乗った。手綱《たづな》を執《と》った童凜に、

「東武君《とうぶくん》の邸《いえ》へやってくれ」

と、いった。鵬由が保っていた温色《おんしょく》に染《そ》められたおもいの公孫龍は、

——たいした人だ。

と、感動した余韻《よいん》が消えない。鵬由の人格には無限のやさしさがある。が、その裏には、無限の厳しさがあろう。ある時期、公子成は制度改革に反対して主父と対立したようであるから、主父の側にいた鵬由を嫌悪《けんお》したことがあるのかもしれない。鵬由

は商人であるから柔軟な思考をもち、公子成に敵視されないために手段を講ずることができたはずなのに、おそらく、そうはせず、筋《すじ》を通したにちがいない。韓《かん》の公女を生母とする安陽君《あんようくん》すなわち公子章《しょう》を支援したのは、鵬由が韓の王室に出入りしていたか、大臣の家にかかわりがあったからではないか。鵬由が周都まできていたのであれば、韓都は遠くないので立ち寄っていたはずであり、韓の公女が趙へ嫁《とつ》ぐときから、ひそかな援助をはじめていたとも考えられる。鵬由としては、公子章が主父の正式な後嗣《こうし》になることを疑わず、後援をつづけてゆくうちに、政争に深入りしてしまった。ただし、それを悔《く》いているふうではないところに、人としてのすがすがしさがある。

叛乱軍を幇助《ほうじょ》した商人として営業を差し止められた鵬由のために、公子成にむかって、

「なにとぞご再考を――」

と、敢諫《かんかん》する重臣はひとりもいまい。賢明な李兌《りたい》も、賢明であるがゆえに、口をつぐんだままであろう。行動と発言が自身の利害にかかわる群臣は、いましばらくは静黙しているにちがいない。すると、おのれの身分を考慮することなく、意思表示ができる者は、王族しかいない。王族のなかでもっとも若い東武君こそ、人をおもいやる心と勇気をもち、公子成に直言できる唯一人《ゆいいつにん》ではあるまいか。

いま東武君は略式の服忌《ふくき》をおこなっているが、面会謝絶というわけではない。門は開いていた。

応対にでてきた家宰《かさい》に、

「燕《えん》へむかって発《た》つまえに、君にお目にかかっておきたくなりました」

と、公孫龍はいった。この邸では、公孫龍は最上の賓客《ひんかく》としてもてなされる。すぐに東武君があらわれた。

「やっ、龍よ、燕へ往《ゆ》くのか」

「さようです。ご用事があれば、わが家に棠克《とうこく》がいますので、その者においいつけください」

「わかった。そなたのために宴《えん》を催してやりたいが、喪中《もちゅう》ゆえ、肴核《こうかく》もだせぬ」

肴は、いうまでもなく、さかなであるが、核は果物《くだもの》のことである。

「お気づかいは、ご無用です。今日は、お願いがあって参りました。君は、鵬由という商人をご存じでしょうか」

「よく知っている。わが母の装身具はすべて鵬由家から納められたときいている。昔、鵬由に会ったことがあり、その際、帯鉤《たいこう》を贈られた。が、母が亡《な》くなったこともあり、鵬由はわが室《いえ》に出入りしなくなった」

鵬由が東武君すなわち公子勝《しょう》に親近《しんきん》することをいやがった者がいるのかもしれない。

「その鵬由が安陽君をひそかに援助したという罪で、蟄居《ちっきょ》させられました。営業も無期限の停止ということです。わたしは趙の商工業にくわしくはなかったのですが、その繁栄の中心に鵬由がいることを、最近になって知りました。鵬由家が瀕死《ひんし》の状態がつづきますと、やがて趙の商工業も衰亡《すいぼう》しかねません。それが趙の国力の欠損《けっそん》につながるとなれば、一商人への咎戻《きゅうれい》が、政治の大失敗となるのです。君はうすうすお気づきでしょうが、鵬由は主父のおいいつけに忠実に従っただけです。それが罪なのでしょうか。すでに公子成さまは執政《しっせい》の席にお就《つ》きですが、政治を最初から謬《あやま》ってもらいたくないのです。群臣はそう願いながら、たれも公子成さまを諫《いさ》められません。わたしはそういう現状をみて、真の勇気をもつ者はたれかと考え、君しかいないとおもいました」

「われが、公子成どのを説《と》くのか……」

東武君は眉《まゆ》をひそめた。

「ことは鵬由のみにとどまりません。主父の側近の数人が獄中にある、とききました。主父によって択《えら》ばれた臣はそろって有能であり、かれらを殺せば、それらの能力は国のためにつかわれることなく、消えてしまいます。どうか、人を活《い》かしてください。

むだや害をはぶくというのは、傾《かたむ》いた国がやることとです。趙は富み栄えているではありませんか。むだを益《えき》に変え、害を利に転ずる、懐《ふところ》の深さをみせるべきです」

「うん、うん」

東武君はくりかえしうなずいた。

「だが、龍よ、公子成という人は、むずかしい。いちど許さないといったら、死ぬまで許さない。鵬由家を復旧させるのは至難である。われの説得は徒労《とろう》に終るだろう」

「ひとつ、手があります」

「ほう――」

「罪は鵬由にあっても、その子にはありません。鵬由には艾という子がいます。艾が別の家を建てて商売をはじめることまで、公子成さまはお禁じになっているわけではありますまい」

「や、や、や、妙計《みょうけい》よ」

東武君は手を拍《う》った。これなら公子成の頑固《がんこ》さのすきまを衝《つ》けると直感したのだろう、邪気《じゃき》のない笑貌《しょうぼう》をみせた。東武君はまだ十四歳であるが、

――趙王を正しく輔佐《ほさ》してゆくのは、この人になるだろう。

と、公孫龍はみている。公子成の威《い》によって壅蔽《ようへい》されたような朝廷が暗いままにな

れば、その政治に黴《かび》が生えてしまう。為政者が替《か》わったときは、最初が肝心なのである。政治を明るくみせる術《じゅつ》が要《い》る。公子成が道理を重んずる人であることはわかるが、あれもこれも道理で縛《しば》りすぎると、政治が暗くなる。その政治の暗さは、やがて恵文《けいぶん》王の政治の悪さとして、国民にうけとられてしまう。

――いまの朝廷に光をもたらすのは、東武君しかいない。

群臣と吏民《りみん》は、その光を瞻《み》て安心するのである。東武君が安請《やすう》けあいする人ではないと確信している公孫龍は、その顔つきをみて、

――かならず公子成に直言してくれるだろう。

と、安心した。鵬由の友人である雲常《うんじょう》がほかの商人を誘って陳情をおこなうことはまちがいなく、その願意《がんい》と東武君の直言を公子成が耳を掩《おお》ってしりぞけるようであったら、恵文王が聴政の席にもどるときまで待たねばならない。だが、公孫龍は、

――そうはならないだろう。

と、楽観した。むしろしたたかな公子成は諫言を揚げる者を待っているのではないか。これからの趙国のために真に忠となり益となる者を、みきわめようとしているのではないか。

公孫龍は喪中に雑音を入れたという恐縮をみせて、東武君邸をでた。門外まで伴《ともな》う

ように歩いた家宰が、馬車に乗るまえの公孫龍に、

「主《しゅ》は、客を養いたいという意望をもっておられる。これは、どうであろうか」

と、問うた。

「ははあ、東武君は孟嘗君《もうしょうくん》にあこがれておられるのか」

「それもある。が、わが趙簡子《ちょうかんし》さまは、二百年もまえに、客を養って、その客とともに苦難を超《こ》えられた。わが主はそれに感動なさっている」

「趙簡子ですか……」

その名は、微かにきいたことがある。まだ晋《しん》という大国があったころ、晋の上卿《じょうけい》であった趙簡子は飛躍的に勢力を拡大した。知っているのは、それだけである。ちなみに卿とは執政の大臣をいい、上卿はそのなかでも上位の者をいう。

――趙簡子は二百年もまえに客を養っていたのか。

公孫龍にとってそれは初耳である。

「この世には、国王や大臣に仕える窮屈《きゅうくつ》さを嫌って野《や》に臥《ふ》せている俊傑《しゅんけつ》がいます。また、たぐいまれな知力をもちながら、時と人にめぐまれない人もいます。かれらを隠者としないで、活用するためには、かなりの富力を必要とします。王室から東武君にさずけられる財では足りますまい。東武君の家が独自で殖産《しょくさん》をおこない、それがうま

くいった上で、客を養われたらどうですか」

孟嘗君は斉《せい》の宰相《さいしょう》であると同時に薛《せつ》という小国の君主でもある、ときいた。東武君が国をもてないのであれば、せめて大きな邑《まち》を領《りょう》してから、我意《がい》を発揮すべきであろう。

「やあ、殖産とは——。それは、苦手《にがて》だ」

はじめて家宰は笑った。その笑いから、この人のまじめさがこぼれ落ちたようであった。

公孫龍の馬車が大路《おおじ》にでようとしたとき、目のまえを一乗の馬車が通過した。とたんに嘉玄が声を揚げた。

「あれは、王をあざむいて、馬者に乗せようとした者ではありませんか」

「石笮《せきさく》か……」

その氏名は周蒙《しゅうもう》からおしえられた。恵文王のかわりに肥義《ひぎ》を乗せた石笮の馬車をひそかに追跡したのが、嘉玄と洋真である。

「幼児を背負っていたな」

手綱を執る石笮の背に、二、三歳にみえる児《こ》がいた。

「石笮は死んでいなかったのですね。主父の側近のなかで、捕らえられればすぐさま死刑に処せられるのは、あの男です。なぜ国外に逃亡せず、いまごろ、もっとも危険な邯鄲《かんたん》にあらわれたのでしょうか」

「ふむ、たぶんあの幼児のためだろう」

「自分の子をひきとりにきたのでしょうか」

「いや、王軍にさからった者の家族は、すべて収監《しゅうかん》され、辺境へ謫《なが》された。石笮の妻子だけがそれをまぬかれたとはおもわれぬ。石笮はどこかに潜伏して、残党狩りの厳しさがゆるむときを待っていたのだろう。今日、邯鄲にはいったのも、いのちがけだ。そうまでして、あの幼児をひきとりたかったとなれば……」

　石笮の馬車はすでに遠い。

「もしや——」

　嘉玄の想像と公孫龍のそれは一致した。

「たぶんあの幼児は、安陽君の子であろう」

　沙丘《さきゅう》で戦死した安陽君は二十六歳であった。が、正夫人を定めておらず、外国の公女を娶《めと》ったとも、きいていない。しかしながらその歳《とし》まで、ひとりの妾《しょう》ももっていないはずはない。代《だい》に封《ほう》ぜられた際に、すでに二、三の愛妾をともなったにちがいないが、身《み》重《おも》の妾がいたとすれば、長い旅をさせないために邯鄲に残したであろう。田不《でんぶ》礼《れい》にひそかにつながっていた石笮はその秘事を知っていた。

「石笮は、あの幼児を国外で育てて、趙王に復讎《ふくしゅう》するのでしょうか」

「二、三十年後の復讎か。楚《そ》王に父と兄を殺された伍子胥《ごししょ》が楚に復讎したのは、十五、六年後だ。その倍の歳月に、怨恨《えんこん》を枯らさないでいるのは、至難《しなん》のことだ。伍子胥の復讎が成ったのは、呉《ご》王闔廬《こうりょ》をはじめ多くの人の助けがあったためだ。が、石笮とあの子には、どうだろうか」

公孫龍は復讎に意義があるとはおもっていない。もしも安陽君の子が、恵文王を殺すためにだけ、二、三十年をすごすとすれば、その歳月にどんな豊かさがあるか。また、たとえ恵文王を殺すことができても、それが人生の成功となるのか。伍子胥の場合は、かれが怨《うら》みをむける方向と呉の国策が一致し、国力を増大させた。個人の復讎としては例外的である。

——石笮の志望と育てかたひとつだな。

そう想《おも》ったものの、この想いは明るくなかった。

この日から、三日あとに、燕へむかって出発した。鵬由とその家族について、かなりくわしくわかった。鵬由の正妻は韓の後宮にいた女官で、鵬艾を産んだあと、十四、五年経《た》って病死した。喪《も》が明けると鵬由は別宅にいた妾を後妻に迎えようとしたが、その妾は病がちで、本宅にはいることを嫌《いや》がり、けっきょく別宅で亡くなった。鵬由は看病のため、本宅と別宅の間を舟で往復することがあったらしい。なかば後妻となった妾には子がなく、慈愛《じあい》の心が豊かであったようで、前妻の子である鵬艾をわが子のようにいつくしんだ。鵬艾は父のそばにいる時間よりも、別宅にいる時間のほうが長くなったという。継母を実母のように慕ったあかしであろう。それだけでも鵬艾の性格の佳《よ》さがわかる。

「鵬艾は、その継母の美しさに魅惑《みわく》されたのかもしれません」

と、洋真はすこし皮肉なみかたをした。

「はは、たとえそうであっても、病弱の人をいたわりつづけたにはちがいなかろう」

公孫龍は鵬艾には好印象をもっている。ただし父の度量に達するには、あと二十年を要するであろう。生死の境を二、三回は走りぬけないと、鵬由のような人格を形成できまい。

邯鄲の家を棠克にまかせた公孫龍は、馬車に乗り、郭門《かくもん》の外にでた。すぐに、ふたりが馬車に近づいてきた。

「公孫龍どの――」

ふたりに呼び止められた公孫龍は、やっ、これは、と喜色をみせて、馬車からおりた。

「湛仁《たんじん》どのと華記《かき》どの、出獄《しゅつごく》なさったのか。それはよかった」

　ふたりは公孫龍にむかって一礼した。

「あなたの陰助があってのことです。主におしえられ、ひとこと礼を述べたくて、お待ちしていた」

「はて、主とは――」

「東武君です。われらは東武君のおかげで釈放され、妻と子も辺地《へんち》からもどされることになりました。東武君の寛恕《かんじょ》のうしろにあなたのおもいやりがあった。東武君はあなたの助言を求めておられる。家臣となったわれらは、あなたとの連絡を絶やさぬようにいいつけられました」

「そうでしたか。おふたりは主父に選抜された賢英《けんえい》です。東武君を支えることが、趙国を支えることになるでしょう。わたしにとって邯鄲の棠克と燕都《えんと》の牙荅《がとう》が股肱《ここう》です。わたしに直接会わなくても、このふたりとの連絡を密《みつ》にしてくだされば、間接的に東武君へ助言することになるはずです」

　公孫龍は晴れやかな気分で馬車にもどった。東武君は公子成の剛愎《ごうふく》さを恐れずにすぐさま諫言をおこない、主父の側近の囚繫《しゅうけい》をやめさせただけではなく、敵対した者たちとその家族への罰を軽減《けいげん》させたにちがいない。おそらく公子成は渋面《じゅうめん》をつくりながら、内心、東武君の勇気におどろき、その未来を祝《しゅく》したであろう。

邯鄲をでて道をまっすぐに北へすすむと、鉅鹿沢《きょろくたく》の西を通ることになる。公孫龍は東の天空を瞻た。その天空の下に沙丘がある。

——主父はほんとうに死んだのか。

一抹《いちまつ》の疑念はある。が、その疑念は急に湧《わ》きあがってきたせつなさに蔽《おお》われた。いつか主父に随《したが》って長城の外の大草原を走るという夢想は、夢想のまま潰《つい》えた。

鉅鹿沢の北へでて津《みなと》にむかい、船をつかって燕へ帰ることにした。河水の風が暑気を払ってくれた。

——趙にとって、これほど暑い夏はなかったであろう。

公孫龍にとっても、灼熱《しゃくねつ》の時間を通りぬけたといえる。初秋の風が吹けば、趙の国全体がむなぐるしさから脱するであろう。

公孫龍は燕の下都《かと》である武陽《ぶよう》には立ち寄らず、上都《じょうと》である薊《けい》にまっすぐはいった。なにはともあれ、師である郭隗《かくかい》に帰還を告げなければならない。家に帰着するや、すぐに郭隗に報告をおこなった。郭隗は公孫龍の帰りを待ちかまえていたようで、

「王がそなたにじきじきに問いたいと仰せになっていた。明後日には、ご来駕《らいが》にな

る」

と、いった。沙丘の乱の真相を公孫龍ほど詳細に知っている者はいない。燕では主父と安陽君の死についての話題でもちきりである。

「こころえました」

自宅にもどって旅装を解いた公孫龍の声をききたくてたまらぬという顔の牙苔は、

「主は、またしても趙王をお助けになったのですか」

と、早口で問うた。

「そういうことになるが……、そう急《せ》かせるな。夜は長い。夕食を終えてから、すべてを話す」

公孫龍は十五人の家人とともに食事をして、沙丘の乱について一部始終《いちぶしじゅう》を語った。家人のなかには召公の旧臣もいるが、あらたに牙苔が独自で採用した者もいる。そのなかに仙英《せんえい》の族子《ぞくし》である仙泰《せんたい》もいた。仙泰はちょうど二十歳で、

「この者はみどころがあり、もっと広い世界をみせてやりたいので、あなたさまにあずかってもらいたい、と仙英が申していました」

と、あとで牙苔が説明した。

——そうであれば……。

翌日、弓の稽古《けいこ》を、復生《ふくせい》とともにはじめた公孫龍は、この場に仙泰を呼んだ。趨《はし》ってきた仙泰は緊張をかくさなかったが、その面貌《めんぼう》には山野で育ったという朴直《ぼくちょく》さがあった。

――こざかしさがないところが良い。

弓を復生にあずけた公孫龍は、仙泰とともに地に坐った。

「泰よ、われが物を売り買いしているだけの商賈《しょうこ》ではないことは、仙英からきかされていよう。人を助け、おのれを守る。それをつらぬくには強靭《きょうじん》な心身が要る。その心身はおのずと在るものではなく、努力して得るものだ。友を得る者は覇者《はしゃ》となり、師を得る者は王者となる、と郭隗先生に教えられた。そなたはここにいる復生を師として武を研《みが》け。復生の剣は活人剣だ。心も磨《みが》いてくれる。やがてそなたが仙英の族人を率いることになるかもしれない」

「はい」

仙泰は公孫龍に敬愛の目をむけてうなずいた。すでに仙英からいいふくめられたことがあるらしい。

楽《がっ》毅《き》の到着

公孫龍《こうそんりよう》が燕都《えんと》を空《あ》けているあいだに、郭隗《かくかい》は自邸の改築をおこなった。ひとつに、訪問客が多くなったことによる。燕の国力が上昇していることを、中原《ちゆうげん》の人々が知って、燕王に関心をもちはじめた。また、中山国《ちゆうざん》が滅んだため、陸路の通行がたやすくなり、燕が遠い国ではなくなりつつあった。

――客を応接する室《へや》が、燕王をお迎えする室に近い。

それを危惧《きぐ》した郭隗は、燕の昭《しよう》王だけを迎える室を、ほかの貴賓《きひん》室から離したかたちで建て、その最上の室に外から直行できるようにあらたに門を造った。昭王とその従者しか通らない門である。

燕都は、かすかに秋のけはいである。

暑気《しよき》を地に淪《しず》めるような風が吹く日に、昭王と従者が郭隗邸の門を通り、まっすぐに特別な貴賓室にはいった。昭王に随《したが》って入室した側近は三人であり、そのなかのひとりが呂飛《りよひ》である。

すでに郭隗と公孫龍は室内にいて、入室した昭王にむかって拝稽首《はいけいしゆ》した。昭王の着

席を待って腰をおろした公孫龍に、まなざしをむけた呂飛が、

「王は、そなたの帰りはまだか、と鶴首《かくしゅ》しておられた。沙丘《さきゅう》の乱《らん》について知っていることを、すべて申すように」

と、発言をうながした。

「長くなりますが、逐一《ちくいち》、申し上げます」

実際、公孫龍の説述《せつじゅつ》は長時間におよんだ。話が戦闘のところにさしかかると、昭王はつい身を乗りだした。食道《しょくどう》を絶《た》たれた主父《しゅほ》のもとに公孫龍が忍び込んだと知った昭王は、驚嘆をかくさず、

「まことに、まことに——」

と、小さく奇声をくりかえした。

夕食をはさんで説述を終えた公孫龍は、

「さいごに、趙《ちょう》の宰相《さいしょう》となった公子成《せい》からの内示《ないじ》がありましたので、それを申し上げます。趙は明年、燕と親睦《しんぼく》するために、使者を送るとのことです。その際、燕王へは包茅《ほうぼう》なしで謁見《えっけん》しない、と公子成は申されました。ただし、包茅のなかみはわかりません」

と、いった。なお、公子成は趙の執政《しっせい》となったあと、安平君《あんへいくん》と号するようになった。

「包茅とは、貢《みつ》ぎ物のことであろうが、さて、なんであろうか」

昭王は、口調だけでなく容貌《ようぼう》もにこやかになった。それはそうであろう。趙の主父が生きているかぎり、燕にとっては不断《ふだん》の外圧であった。主父が北と西へ勢力を伸張《しんちょう》しつづけ、その大事業が完成するころに、主父が燕の昭王にむかって恫喝《どうかつ》外交をおこなうことは充分《じゅうぶん》に予想できた。それに抗《あらが》い、なおかつ燕国の保全をはかるためには、主父と対等の実力者に頼るしかない。いうまでもなく、その実力者とは孟嘗君《もうしょうくん》であり、孟嘗君のうしろにある斉《せい》国にすがることになる。が、昭王にとって斉は、仇《あだ》の国であり、いつか討ちたいとおもっているその国に、死んでも頼りたくない。そうであれば、

——屈辱《くつじょく》的に窮《きゅう》するときがくる。

と、昭王は恐れつづけてきた。が、主父の急死はおもいがけなく、その畏怖《いふ》に満ちた予想を払《はら》ってくれた。しかも、あらたに執政の地位に就《つ》いた公子成は、燕との友好を望んでいるという。突然、前途に立《た》ち籠《こ》めていた霧《きり》が晴れたおもいである。この昭王の心の明るさを嘉《よみ》するように、郭隗は、

「天啓《てんけい》とは、これをいうのでしょう」

と、いった。啓はひらくということなので、天が燕のために道をひらいてくれている、と郭隗は自分の直感をこめて昭王の運の強さを婉曲《えんきょく》にたたえた。

これを皮切《かわき》りに昭王は郭隗とふたりだけで問答をおこなうべく、側近と公孫龍を別室へしりぞけた。さっそく呂飛はほかの同僚から離れて、公孫龍を室の隅《すみ》へ誘い、

「あれが話のすべてではあるまい。はぶいた話をわれにおしえてくれまいか」

と、やわらかくいった。これだけでも呂飛の気づかいが格段にすぐれていることがわかる。公孫龍は微笑した。

「私事《しじ》ですが、塩をあつかえるようになりました。趙の塩は不足ぎみなので、斉から買うほかに、魏《ぎ》と秦《しん》の境にある解池《かいち》という広大な塩の池からも求めています。燕の塩が余《あま》れば趙へ輸出すればよく、わたしが買いとります」

「あなたは趙王だけでなく執政にも信用されたようだ。わが国の特産物を趙へもちこんで売りさばいてくれれば、大いに国益となる」

小さくうなずいた公孫龍は、

「燕の特産といえば、なんといっても、馬です。燕の馬を、中原へ運べば、数十倍の値がつくのです。これから多数の馬商人が燕国にはいってきます。馬の売買と牧畜《ぼくちく》に留意《りゅうい》なさるべきです」

と、いった。このときまで、呂飛にかぎらずほとんどの燕人《えんひと》に、牧場経営という発想はない。燕国内では、馬はありふれていて、遠郊《えんこう》へゆけば野生の馬がすくなからず

いる。

「馬を売るのか、おもしろい」

馬といえば、趙が良馬の産地になっていたが、それは中山国を通って馬商人が燕へ行けなかったためであり、中山国が消滅したあと、十年も経《た》たないうちに、馬の産地として燕の名が趙のそれをしのぐことになる。

「塩と馬のことは、わかった。趙の向後《こうご》の軍事について、存念《ぞんねん》をきかせてくれ」

「そうですね……、主父は秦との紐帯《ちゅうたい》を強め、中原の争いに加わらないようにしてきましたが、公子成は格式を重んずる人なので、中原諸国とのかかわりを深めるでしょう。当然、兵を南へ、西へ、東へむける機会が増えます。しかし燕と友好を保っておけば、北へ多くの守備兵を配置しなくてすみます。趙軍の将帥《しょうすい》は趙梁《ちょうりょう》になるでしょう」

沙丘の乱で功があった趙梁が公子成に重用《ちょうよう》されることはまちがいない、と公孫龍はみている。が、呂飛は趙梁を知らなかった。

「趙梁とは、どんな男か」

「手堅《てがた》い戦いかたをします。が、非凡な将ではありません。趙は、主父が非凡でありすぎたため、諸将は主父の命令に従うだけでよく、みずから兵法《へいほう》を工夫する必要がなかったのです。大きな将器が出現するのは、趙王が聴政《ちょうせい》の席にもどってからでしょう」

「耳が痛いことを、はっきりいうではないか。名君の下に名臣あり、ではないのか。斉の桓《かん》公の下に管仲《かんちゅう》と鮑叔《ほうしゅく》がいた。晋《しん》の文《ぶん》公の下に趙衰《ちょうし》と狐偃《こえん》がいた。桓公と文公は至上《しじょう》の名君だ。ふたりが凡庸《ぼんよう》であったから、名臣が育ったわけではない」

呂飛は苦笑をまじえていった。

「桓公と文公にはいのちを失いそうな苦難の時期があったことをお忘れですか。従者だけではなく、さまざまな人に助けられて君主の席に即《つ》いたのです。ゆえにそのふたりの君主は、人を助け、活《い》かすということがわかっていた。残念ながら主父は生死の境をさまようような危難には遭《あ》わず、めぐまれすぎていた。ゆえに、ほんとうに人を活用するとはどういうことか、わからずに亡《な》くなったといえます。それにひきかえいまの燕王は、桓公と文公にまさるともおとらぬ艱難辛苦《かんなんしんく》をくぐりぬけてこられた。それは天の試練《しれん》といってよく、天にためされた者は大業《たいぎょう》を成す、と郭隗先生はいってられた。が、せっかく覇者《はしゃ》となっても、桓公のように、後継者の選定を誤《あやま》られないことです」

斉の桓公だけではなく、おなじ時代の楚《そ》の成《せい》王も後継に迷いをみせた。主父も同様である。いずれも不幸な結末となっている。

呂飛は表情をひきしめた。

「わが王が後嗣《こうし》について迷われることはない……」

わずかながら歯切れが悪かった。

――呂飛どのは燕王の太子について、気がかりなことがあるのか。

昭王は早い段階で太子を決定したと公孫龍はきいたことがある。昭王の在位は今年で十七年であるが、太子の年齢はわからない。ただし太子が昭王の即位よりまえに生まれていたであろうことは、推測がつく。なぜなら、燕の国は斉軍に蹂躙《じゅうりん》されるまえに、宰相の子之《しし》によって王位が簒奪《さんだつ》され、それにともなう内乱が生じた際に、太子であった昭王は叛逆者《はんぎゃくしゃ》と戦った。味方《みかた》のふりをした将軍の市被《しひ》に裏切られても、昭王はうろたえず、反撃して市被を討ち取ったことを想《おも》えば、そのときの昭王の年齢は二十代のなかばを過ぎていたか、あるいは三十に近かったのではないか。王の後継者がそれまでに子をまったく儲《もう》けていない、とは考えにくい。

――いまの燕王の太子は、わたしよりも数歳上であろう。

つまり、昭王の太子は二十六、七歳ではあるまいか、と公孫龍は推定した。幼年期に父とともに危難に遭遇したという太子が、凡庸に育つはずはない、と断定したいところではあるが、呂飛の気がかりとはなんであろうか。

呂飛と語り合った公孫龍は夜中に引き揚げたが、昭王は郭隗との対話を熱心につづけ、王宮に帰還したのは明け方《あけがた》であった。郭隗は食客《しょっかく》を五十人ほど養っており、かれらを諸国にめぐらせて情報を蒐《あつ》めている。昭王自身は賓客《ひんかく》をもっていないので、郭隗を通して諸国の情勢を知るというしくみを改めていない。

翌日、公孫龍は従者に仙泰《せんたい》を加えて、仙英《せんえい》に会いに行った。

「やあ、これは――」

いきなり公孫龍は瞠目《どうもく》した。仙英の族人が居住する区所《くしょ》には、みごとなまでに長大な牆《しょう》がめぐらされていた。

「ここは仙里《せんり》と呼ばれています」

と、仙泰がほこらしげにいった。里門には複数の門衛がいて、かれらは公孫龍を知っているようで、仙泰の顔をたしかめるまえに、ひとりが走りだした。公孫龍の訪問を仙英に告げるためであろう。門衛に敬礼された公孫龍は、里門を通過し、よく整備された道に感心しながら、馬車をすすめさせた。やがてみえてきた高楼《こうろう》のある邸《いえ》が仙英の住まいであろう。新築にみえる。すでに仙英が数人の従者とともに門外に立っていた。

馬車をおりた公孫龍にむかって仙英がおこなった礼はうやうやしかった。公孫龍は笑い、

「燕王の重臣となったあなたが、一賈人《こじん》にむける礼にしては重すぎるでしょう」

と、いった。

「賈人であろうが、野人《やじん》であろうが、わたしの恩人であれば、礼はおろそかにはできません。しかも泰をおあずかりくださった。泰はわたしの従弟《じゅうてい》の子です。あなたにあこがれている」

仙英は語りながら公孫龍と従者をみちびき、堂《どう》に上がった。が、そこでの対話はみじかく、仙英は公孫龍と従者をもてなすために、別の宮室に移った。宴席が設けられていた。仙英の左右に着席した五人の族人がかれの腹心であろう。そのなかには公孫龍と戦った者がいるかもしれない。が、かれらが公孫龍にむけるまなざしには怨嫌《えんけん》の色はない。負ければ死ぬという真剣勝負において、全身全霊で戦った者だけが、相手の力量を知るだけではなく、敬意さえおぼえるときがある。旧怨《きゅうえん》があったわけではない公孫龍と仙英は、ほぼ同時に、尊敬しあったといってよい。ふたりの配下も似たような情懐《じょうかい》をいだいたであろう。人の奇妙さといってよいが、味方よりも敵のほうが信用できる場合もあるのである。

仙英は公孫龍たちに着席をうながし、膳《ぜん》が運ばれてくると、公孫龍に目をむけて、

「主父の死の真相を、あなたの主観でかまわないから、おしえてもらいたい」

と、いい、匕箸《ひちょ》を執《と》った。

主父と趙の王朝について熟知している仙英を相手に喋《しゃべ》るとなると、当然、話の内容の密度がちがう。しかも実戦に参加した嘉玄《かげん》、洋真《ようしん》などが、攻防の細部について補足するように語ったので、仙英はしばしば驚嘆し、さいごに、

「趙王はよく死なななかったものだ。そのつど、あなたに助けられている。あなたと趙王には目にみえない紐帯があるとしかおもわれない。ひとつ、明確でないのは、主父の死ですか」

と、いい、わずかに眉《まゆ》をひそめた。

「死体を検分したのは、いま司寇《しこう》になっている李兌《りたい》だけです。かれがその死体を邯鄲《かんたん》に運んだようではなく、もちろん葬儀もおこなわれなかった。ただ喪《も》が発せられただけです。死体の処置について知っているのは李兌だけですが、それについて李兌は口を閉ざしたままです」

小さく唸《うな》った仙英は童凜《どうりん》に目をむけた。

「そなたが作った粥《かゆ》を、主父はあとで食べたのだろう」

「おそらく――」

「主父は強靭《きょうじん》な心身をもっている。しかも年齢はまだ五十に達していない。旬日《じゅんじつ》（十日間）絶食しても、起居《ききょ》に衰えはみせまい。主父は公孫どのが寝所に忍び込んできた勇気と心づかいを感じて、死の淵《ふち》から這《は》い上がったのだ。そのあと……」

「そのあと、どうしたでしょうか」

「離宮をでて、守備兵のひとりを倒して、守備兵になりすました。衣服をとりかえたであろうから、李兌が検分した死体はその守備兵だ。夜が明けるまえに馬を奪って走り去った」

「たいそうな空想です。その後の主父の行き先は、どこですか」

公孫龍の問いにほがらかさがふくまれた。

「代《だい》にはゆくまい。いちど死んだような主父は、たぶん別人となって生きようとする。となれば異民族の林胡《りんこ》族か楼煩《ろうはん》のもとだ。主父が異民族の王となれば、燕にとっても脅威そのものとなる」

仙英はそういったものの、その口調に深刻さはない。仮定の上に想像を積み上げたのだから、どこまでも空想である。すでに仙英には趙王室への怨《うら》みは消えていたが、主父が死んだとなれば、こだわりをふくんだ感情も滌《あら》いすすがれた。いまは、厚遇してくれた燕の昭王に尽くすだけである。

このとき復生《ふくせい》が、

「つい、さっき、きいたばかりですが、二か月ほどまえに仙英どのは、たった三百の兵で、郊外に侵寇《しんこう》した胡族の千余の兵を撃退したため、燕王から褒称《ほうしょう》され、千人長に任ぜられた。お賀《いわ》いします」

と、いった。千人長は、千の歩騎《ほき》（歩兵と騎兵）を率いる隊長である。

「おう、それはよかった」

仙英の里から豊かさを感じたのは、仙英の軍任《ぐんにん》に重さが加わったからだ、と公孫龍は知った。

わずかに笑った仙英は、公孫龍をみつめ、

「わたしはあなたと戦い、どうしても勝てなかった。その反省をもとに、族人を鍛えなおし、武器も工夫したのです。馬も選び直した。それがあってか、兵馬の動きは速さを増し、強さも増した。燕の最強の隊にまさるともおとらぬところまできたとおもう。だが、実戦で、あなたと戦ったらどうだろうか」

と、いった。公孫龍は顔のまえで手をふった。

「もう、あなたとは戦いたくない。ちょっとした想いでも、その想いが強くなると、実現化しかねない。早々にその想いを棄《す》ててください」

「はは、それはずいぶん用心深い」

仙英はことばの力などは、考えたこともなかったので、すこしおどろいた。いや、公孫龍の感覚の繊細さにおどろいたといったほうが正しいであろう。

「ところで、仙英どの、燕王の太子について、なにか、ご存じではあるまいか」

「太子についてですか……」

群臣が太子に接する機会はほとんどないといってよい。外交と軍事の両面で重大な盟約が交わされると、両国の太子が人質として相手国に送られる場合もあり、太子であっても後継の席が確保されているわけではない。燕の場合は、昭王が即位したあとしばらくは斉に属国視されていたので、斉に人質をさしだしていたかもしれない。その人質がいまの太子であるのか、太子の兄弟であるのか、仙英にはわからない。

「容姿が佳《よ》い、とききましたが……」

「それから――」

「学問好きであるとも……」

この答えは、公孫龍にとって意外であった。なぜなら、太子は郭隗に師事《しじ》していないし、郭隗に教えを乞《こ》いにきたことはいちどもない。別の師に就いて学んでいるのだろうか。

「それから——」

この質問攻めをうけて仙英は苦《にが》く笑った。

「多少、狷介《けんかい》であるときいたことがあります」

「狷介……」

狷は、狭《せま》いことであり、固《かた》いことでもある。このかたくなであることは、悪い意味として理解されることが多いが、しかし、義を守ってゆずらない人を狷者《けんしゃ》というように、良い意味ももつ。ただし、太子がいつかは王になるのであるから、狷介であることは、どうなのであろうか。公孫龍は呂飛の懸念《けねん》の一端《いったん》をのぞきみたような気がした。

仙英家で快適な半日をすごした公孫龍は、翌日に、光霍《こうかく》を訪ねた。大規模な牧場を経営できるのは、異民族と交易《こうえき》をおこなっている光霍しかいない、とおもったからである。が、光霍は不在で、公孫龍を応接したのは妻の胡笛《こてき》である。

胡笛はまだ二十代のなかばという年齢でありながら、富力《ふりょく》を増したこの商家をあずかってびくともしない器量をそなえるようになっていた。もともと怜悧《れいり》である胡笛は、公孫龍がただ者ではないことに、いちはやく気づき、公孫龍に力を貸し、親交《しんこう》しておくことが、のちに大きな利を産む、と夫に進言したことがあった。はたして、そのよ

うになったが、公孫龍の存在意義は予想より巨《おお》きく、

——かれは陰《かげ》で国を動かせるようになるのではないか。

と、みこみを改めた。それゆえ自家に公孫龍を迎えた胡笛は、大仰《おおぎょう》に喜び、その応接はいたって鄭重《ていちょう》であった。公孫龍から、

「数年のうちに、馬の値段は十倍になりますよ」

と、いわれ、牧場を作ることを勧《すす》められると、胡笛は、

——この人は、福の神だ。

と、実感した。胡笛は商才にたけ、実行力もある。主人の力をもってすれば、一千頭の馬を集めることなど、たやすい、と胸算用《むなざんよう》をおこない、晩秋に帰宅した光霍とともに牧場経営にのりだし、巨富《きょふ》を得ることになる。

「妹の小丰《しょうほう》どのはどうなさっている」

帰り際《ぎわ》に、公孫龍は問うた。

「ほほ、小丰はあなたさまに嫁《とつ》ぐことを夢みていましたが、あなたさまにきらわれましたので、すねて、後宮《こうきゅう》にはいりました」

「いや、きらったわけではない」

小丰がどれほど美しくても、その美しさには野心があるようで、妻にすることはで

きない、と公孫龍はおもっただけである。公孫龍は商賈《しょうこ》でありながら、利益を求めて生きているわけではない。ましてや政治にかかわる権力とは無縁でいたい。そのあたりの根本的な生きかたにおいて、我《が》の強そうな小丰とは乖離《かいり》するであろうと公孫龍は予感した。しかし小丰が後宮にはいったとは意外であった。それほど光霍が燕の王室に深く食《く》い込《こ》んだというあかしのひとつであろう。

翌日、公孫龍は旭放《きょくほう》に会い、沙丘の乱についてだけではなく、塩の集散《しゅうさん》をふくめた商談をおこなった。そのなかで旭放は、

「燕支《えんし》」

と、よばれる草について、

「この草をつかえば、あざやかな紅《あか》に染まるのですよ」

と、語り、その染草《せんそう》をみせただけでなく、紅色に染められた布《ぬの》をみせた。

「これは美しい」

公孫龍は素直に感嘆した。趙国は黒を尊ぶが、魏と韓《かん》は赤を尊ぶ。燕支染めの美しさが中原の国に知られれば、天下の流行となるであろう。ちなみに燕支はのちに燕脂《えんじ》ともよばれるようになる。燕脂色といえば、天下に知らない者はいなくなるほど有名になる。その染草を旭放はほぼ独占し、公孫龍を介して、その染色美を天下に広めよ

うとした。

「ところで旭放どの、あなたの別宅を四、五日借りたいが……」

「あそこがお気に入りであれば、差し上げますよ」

「いや、ときどき川がみたくなる。あの別宅からの景色が好きだが、一年中、あそこにいたいわけではない」

公孫龍は童凜だけを従えて、大きな川のほとりに建つ家にはいった。川は秋の光にきらめき、まぶしかった。公孫龍は主父の喪に服す気分であった。政治や商売の話がきこえないところで、虚無にちかいところまで心身を鎮《しず》めることにした。

三日間、公孫龍はただただ川をながめていた。

四日目もそうするつもりであったが、そうはいかなかった。

旭放の下にいる大男の房以《ぼうい》が趨《はし》り込んできた。

「魏王の使者が下都《かと》に到着したそうです。正使が楽毅《がっき》というそうです。楽毅といえば、あの山中にいた中山の将ではありませんか」

公孫龍の耳がそばだった。

辛《しん》抱《ぼう》の秋

――楽毅《がっき》とは、どれほどの将であったのか。

旭放《きょくほう》の別宅をでた公孫龍《こうそんりょう》は、馬車に乗るまえに目をあげて、秋の天空を瞻《み》た。秋が深まるまえの天空には、澄明《ちょうめい》さが不足しているようではあるが、それでも、ながめる者の胸をひらいてくれるような晴れかたであった。

――予兆《よちょう》としては、吉《きち》だ。

なぜかそう感じた公孫龍は、馬車に乗ると、御者《ぎょしゃ》の童凜《どうりん》に、

「復生《ふくせい》を拾って、仙里《せんり》へ往《ゆ》く」

と、いった。あわただしく帰宅した公孫龍は、いぶかる復生を馬車に乗せ、仙里へ急行した。

「楽毅が、魏《ぎ》王の使者として、燕《えん》国にはいった」

車中で復生におしえた。復生の目に喜色《きしょく》が浮かんだ。

「あっ、服忌《ふくき》を終えた魏王が、楽毅どのを擢用《てきよう》なさったのですね」

「擢用かどうか……。魏王が代《か》わったことを諸国に告げるだけの使者だ。外交の臣に

なったとはいえ、軍事の重任をさずけられたわけではあるまい。魏はかつてふたりの天才兵法家《へいほう》をのがしている、呉起《ごき》と孫臏《そんぴん》だ。呉起は楚《そ》へ行き、孫臏は斉《せい》へ行った。要するに、魏は天下の形勢を一変させるほどの賢能《けんのう》をみぬく目をもっていない。魏王の下にいれば、楽毅は引退するまで、参政《さんせい》の地位まで昇れまい」

そういいながらも、公孫龍は楽毅の知力と心力《しんりょく》がどれほどのものか、わかっていない。わかっているのは、楽毅とともに趙《ちょう》軍を相手に戦った仙英《せんえい》とこのふたりを観察し多少の手助けをしたであろう復生のみである。

仙里の仙英邸へ直行した公孫龍は、外出している仙英の帰着を待った。そのあいだに、復生が楽毅について知っていることを悉皆《しっかい》きいた。

「なるほど、中山《ちゅうざん》をあとにした楽毅が魏へ行ったのは、先祖が魏王の重臣であったからか」

公孫龍はうなずいた。

「いえ、楽毅どのの先祖が重用《ちょうよう》されていたのは、魏の君主が王と称する以前で、おそらく魏の文侯《ぶん》のころです。たぶん文侯は中山を支配下におさめ、南北から趙を圧迫するつもりだったのでしょう」

「魏の文侯か……、百年以上もまえの君主だな。その計略をおしすすめるために楽毅の先祖は中山にはいり、定住したのか」

「くわしいことはわかりませんが、そう考えるのが自然です」

戦国時代のはじめに中華の霸権をにぎっていたのが魏の文侯であることくらい、復生でも知っている。が、文侯が亡《な》くなったあとの魏の計図《けいと》がどうなったのか、よくわからないし、調べてみようともおもわない。とにかく、楽毅の先祖の功績が魏では忘《ぼう》却《きゃく》されていなかったか、あるいは、魏に楽毅の縁戚《えんせき》がいるのか、または、中山における楽毅の働きを評価した者が重臣のなかにいたのか、楽毅が客ではなく魏王の臣下になったことを、復生はなかば喜び、なかば残念がった。

「わたしは仙英どのほど、楽毅どのの戦いぶりを知っているわけではありませんが、寡《すく》ない中山兵を率《ひき》いて、負けないように戦っていたとみました。ただ一度、楽毅どのは主父《しゅほ》に勝とうとしたのではないですか」

「ああ、あれか……」

中山王を逐《お》って王宮にはいった主父を、楽毅が急襲しようとしたことがあった。それをやめさせるべく仙英が公孫龍をつかい、楽毅を戦死させなかった。いや、仙英が公孫龍になにも報《しら》せず、楽毅に協力して急襲を敢行《かんこう》していたら、戦死したのは楽毅ではなく主父であったかもしれない。

――その勝負は、五分五分といったところだ。

主父も将としては非凡であるので、たやすく討たれまい。仙英は渠杉《きょさん》と称していたころ、王位を子に譲《ゆず》るまえの武霊《ぶれい》王に仕えていたのであるから、主父の用兵のすごみを知り尽くしている。それゆえ、楽毅がかならず主父を倒すという確信をもてないかぎり、楽毅を死なせたくない、という情意が強くはたらいたのであろう。

公孫龍が復生と語りあっているうちに、仙英が帰ってきた。いぶかしげにふたりに目をむけた仙英は、魏王の使者として楽毅が燕にきたと告げられるや、公孫龍の膝《ひざ》をつかまんばかりに坐《すわ》り、

「これは天のみちびきです。楽毅どのを魏に帰してはなりませんぞ」

と、烈《はげ》しくいった。公孫龍は困惑した。

「すでに魏王の臣下となった者を拘留《こうりゅう》することはできないでしょう。とてもむりな話です」

「いや、むりではない。燕王が懇請《こんせい》すれば、楽毅どのの心を撼《うご》かすことができます。わたしは燕の兵をあずかるようになって、燕の兵は勇敢《ゆうかん》なのに、その力を最大限に発揮させる将がいないことを痛感しています。中山国が最後の年に、中山兵は一万に満たず、その寡兵《かへい》をつかって楽毅どのは趙軍の攻撃をしのぎにしのぎ、中山王を掩護《えんご》し

ぬいたのです。忠烈《ちゅうれつ》のみごとさは、それだけでもわかるでしょう。また用兵は、臨機応変、変幻自在で、その将器の非凡さを察知したのは、おそらく主父ひとりで、中山王の遷徙《せんし》を終えたあと、密使を送って楽毅どのを招いたようです」

中山国が滅亡したあと、仙英を頼って、五十人ほどの中山兵がきたという。

「それは、知らなかった。しかし……」

楽毅の真価を知っているのは仙英と復生だけであり、燕の昭《しょう》王をはじめ重臣たちも、楽毅が中山王のためにどれほど働いたか、またその奮闘の内容を、仄聞《そくぶん》さえしていないであろう。要するに、燕政府の首脳は楽毅に関心をもっておらず、まして魏の使者を引《ひ》き留《と》めたいなどとは、たれも考えていない。そういう意識を改めさせる力をたれがもっているか。

——郭隗《かくかい》先生しかいない。

公孫龍の心算《しんさん》は、狙《ねら》いをしぼったかたちになった。だが、肝心な郭隗が楽毅に無関心では、みすみす大魚《たいぎょ》をのがすことになろう。

「仙英どの、これは難事中《なんじ》の難事です。つまるところ、端《はた》の者がなんといおうと、燕王自身が楽毅を偉器《いき》であると認め、燕にどうしても必要であると渇望《かつぼう》しないかぎり、あなたが想《おも》っているようにはならない」

「至難《しなん》であることはわかっています。が、あなたはこれまでに至難の山を踰《こ》えてきた。どんなかたちであれ、楽毅どのが燕にきたというこの機をとらえそこなうと、燕王が望んでいる未来は、永遠に具象《ぐしょう》にならない」

「はは、買いかぶられたものです」

ここでは、あえて笑ってみせるしかない。公孫龍は自信に満ちたことばを吐《は》けなかった。とにかくいそいで帰宅した公孫龍は、郭隗の閑暇《かんか》をみはからって面会した。

「かつて中山の将であった楽毅が、いまや魏王の臣となって、燕にはいり、下都《かと》に到着しました。先生は楽毅をご存じでしょうか」

そもそも楽毅とは何者であるかということを説《と》かねばならないとおもっていた公孫龍にとって、郭隗の答えは予想外のものであった。

「よく知っています。会ったこともある」

「えっ、お会いになった。どこで、ですか」

「下都で、といえば、説明は要《い》るまい。王も楽毅をご存じである」

郭隗の目が笑っている。

――そうであったのか……。

公孫龍はすばやく想念をめぐらせた。中山で苦戦をつづけていた楽毅が、兵力不足をおぎなうために奔走《ほんそう》しないはずがなく、ひそかに燕にきて援兵《えんぺい》を求めたにちがいない。

「そのようであれば、くどくど申し上げるまでもありません。楽毅はまれにみる賢良な人物であり、兵事における偉才です。魏のような因循《いんじゅん》な国で朽《く》ちさせてはならぬ大器です。なんとしても燕にとどめ、王の大望を実現させる先導者にすべきです」

公孫龍の弁舌は熱を帯びた。うなずいた郭隗は、

「すでに王にはお伝えしてある。王は最上の礼をもって楽毅を迎え、赤心《せきしん》をみせて説かれるであろう。それでも楽毅が帰途につけば、わが国に天恩《てんおん》がなかったとあきらめるしかない」

と、いった。

――あきらめる、とは……。

郭隗先生らしくない、と公孫龍は心のなかで反発した。天が動かなければ、地を動かし、人を動かして、なんとしてもものごとを成就《じょうじゅ》させる、というのが郭隗先生の教義の真髄《しんずい》ではなかったのか。

自宅にもどった公孫龍は家人を集め、

「中山国が滅んだあと、中山にとどまって趙の支配をうけいれた民は多くないときい

ている。多数は中山王が徙《うつ》された西方へ移住したようだが、燕に移住した者もいるにちがいない。かれらについて調べてくるように」

と、いいつけた。

この日から公孫龍はめまぐるしく動いた。仙英に会って、昭王が楽毅を招聘《しょうへい》する意思をもっていることを語《つ》げ、旭放に会って、別宅で呂飛《りょひ》と密談できるようにとりはからってもらった。さらに、中山からの移住者がつくった集落へでかけて、そこの長者に面談した。

呂飛が旭放の別宅にきたのは、楽毅が上都《じょうと》に到着する前日である。かれは公孫龍の顔をみるや、

「すぐに王宮にもどらねばならぬ。なんの用か、手短かに、たのむ」

と、あわただしさをかくさなかった。

「長くおひきとめはしません。魏王の使者である楽毅の宿舎は、どこでしょうか」

「城外に、賓客《ひんかく》用の宮室がある。いわゆる外宮《がいきゅう》だ。そんなことを知って、なんになる」

「王のために、万一にそなえるためです。外宮の下僕《げぼく》に、旭放家から三人をだしますので、なかで働かせてください」

「それは——」

呂飛は難色を示した。旭放家の者は外宮に出入りはするが、なかにとどまって働いたことはない。

すかさず公孫龍は低頭した。

「楽毅が大魚であれば、王の釣糸《つりいと》を切って、大海へ去ってしまうことも考えておかねばなりません。そういう場合にそなえて、網を張る必要があるのです。王のご許可が要るのであれば、いまここで書翰《しょかん》をしたためます」

公孫龍のことばには気魄《きはく》がこめられている。気圧《けお》されたかたちの呂飛は、一考して、

「わかった。時間がない。その三人をわたしが率いて外宮へゆく」

と、いい、すばやく起《た》った。

公孫龍と旭放が選んだ三人は、以前、公孫龍に従って中山へ行ったことがあり、三人のなかのひとりは房以《ぼうい》である。この三人は公孫龍に馬術と弓術を鍛《きた》えられたせいで、武術の師を仰ぐような目で公孫龍を視《み》る。ついでにいえば、中山から帰国したかれら（この三人をふくんだ十人）の変貌《へんぼう》ぶりにおどろき、愛《め》でた旭放は、たいせつな荷の運搬をかれらにまかせるようになった。いちど盗賊に襲われたが、かれらはまたたくまに撃退した。公孫龍の鍛練を経てきた者は、一国で最強といわれる兵におとること

はない。

すでに公孫龍の指示をうけた三人は、出発直前に、再確認を求めるようなまなざしをむけた。そのまなざしに応《こた》えるように公孫龍は、

「外宮の出入りが不都合になり、至急、報せたいことが生じた場合は、石を布《ぬの》でくるんで牆《しょう》の外へ投げよ。牆の外には、それを拾う者を配置しておく」

と、強くいった。

呂飛の馬車に従って三人が去ったあと、旭放は、

「あなたの用心深さと慎重さには、ほとほと感心させられるが、はたして楽毅という人物がそれほど燕にとって必要な人物なのでしょうかな」

と、首をかしげた。

「正直にいえば、わたしもそれはわからない。楽毅とともに中山で戦ったことがある仙英の眼力《がんりき》を信じるしかない。燕は寇盗《こうとう》をおこなう北狄《ほくてき》の兵を撃退することがあっても、中原《ちゅうげん》の大軍と戦ったことがない。それゆえ、いまの燕将の良否がわからないとはいえ、楽毅にまさる将がいるとはおもわれない、というのがわたしの考えです」

燕は富国への道を着実にすすんではいるが、強兵への道が明瞭《めいりょう》にはみえていない。楽毅ひとりを得たところで、燕軍が急速に強くなるとはおもわれないが、いまよりは

ましになるだろう。それよりも、楽毅が燕に定住するようになれば、うわさをきき つけた旧中山の民が、燕に移ってくるにちがいないということのほうが大きい。短期間に、燕の人口は一万以上増えるのではないか。

公孫龍の胸裡《きょうり》にはそういう計算がある。

いちど家のなかにもどった公孫龍は、以前から気がかりになっていることを、おもいきって旭放に問うた。

「ここには、あなたの妻子の影がみあたらない。どうなさったのか。そのわけが苦渋《くじゅう》に満ちたものであれば、お答えにならなくてよい」

「いや……」

一瞬、旭放の目つきが変わった。眼光に暗い鋭さがくわわったが、すぐにそれは消えて、淡愁《たんしゅう》が眉宇《びう》にただよった。

「妻と子は、家のなかに踏み込んできた斉兵に攫《さら》われました。ただし、その場にわたしがいたわけではない。攫った者は、一兵卒ではなく、隊長のようであったというのが目撃した家人の話です。おそらく妻と子はその隊長の奴隷《どれい》にされたでしょう。それから十八年が経《た》ちましたが、ふたりの安否はまったくわからない。家を再興したあと、斉に人をやって捜させたほかに、臨淄《りんし》の商人に知人がいますので、その人にも頼んでゆくえを探《さぐ》ってもらったが、やはりわからなかった」

「ちょっと、待ってください」

旭放の妻子を攫った者が隊を指麾《しき》する長であれば、無名の兵士ではなく、斉王の群臣のなかでもすこしは名高い者であろう。斉の首都にいる商人であれば、捜し当てられたのではないか。公孫龍がそれをいうと、

「斉軍には、属国の軍と東夷《とうい》の族も加わっていたので、その隊長がかならずしも斉王の臣であったとはかぎらない、ということでした。わが子がまだ生きていれば、今年、三十歳になります」

と、いった旭放の目にわずかに涙が浮かんだ。

「そうですか……」

公孫龍の胸に旭放がかかえているつらさが滲《し》みてきた。

「まだ跡継《あとつ》ぎを決めておられないのか」

これも気がかりのひとつである。公孫龍をみつめた旭放は、

「むりを承知で、あなたを跡継ぎにしたい。はは、あなたがわが子であったら、どれほど愉《たの》しいことか。いや、はや、あなたの耳を汚《よご》す戯言《たわごと》です。わたしは儲《もう》けだけを考えている者に身代《しんだい》をゆずりたくはない。ふさわしい者がいなければ、わたし一代で店

を閉じてもかまわないのです」

と、口調を強めていった。

——ああこの人は、妻子が帰ると信じて、いつまでも待ちつづけるつもりなのだ。

後妻を迎え、養子をとるようなことをすれば、連れ去られたふたりの帰還をあきらめることになる。おそらく旭放という潔癖《けっぺき》家の心事《しんじ》とはそういうものであろう。ただし、いちど奴隷の身分におとされた者が、その過酷な境遇から脱することは至難である。旭放はそれをわかっていながら、奇蹟《きせき》を待ちつづけているといえる。

——旭放のためにその妻子をみつけてやりたい。

公孫龍はそういう衝動《しょうどう》にかられたが、行方不明の者がほかにもいることを憶《おも》いだした。召《しょう》公祥《しょう》の子の子瑞《しずい》である。召公の死から二年が経ち、子瑞は二十歳をすぎたとおもわれる。公孫龍の所在を父からおしえられているはずの子瑞が、いまだに連絡をしてこないのは、もしかすると、父を殺した周《しゅう》の大夫《たいふ》に復讎《ふくしゅう》すべく、公孫龍に迷惑をかけないように、独《ひと》りでたくらみ、暗躍《あんやく》しているせいではあるまいか。

憂鬱《ゆううつ》さをひきずって旭放家をあとにした公孫龍は、帰宅すると、すぐに嘉玄《かげん》と洋真《ようしん》を呼んだ。人を憎むと精神と感情が偏曲《へんきょく》して、生きかたにおいて自在が失われるとおもっている公孫龍は、恩人である召公を急撃して殺した周の大夫の名をあえて知ろうとしなかった。召公の仇《あだ》を討つつもりがないのなら、それでよいとおもってきた。が、この日の気分は荒々《こうこう》としており、直視しなかったものを直視したくなった。

「なんじらは召公の旧臣であるから、旧主を襲った政敵の名を、棠克《とうこく》からきいていよう。それは、たれか、おしえてくれ」

嘉玄と洋真はいちど目くばせをしてから、

「劉《りゅう》公です」

と、低い声でいった。

「劉公――」

王子稜《りょう》が人質として燕へむかって発《た》つまえに、ねんごろにことばをかけてくれた大臣が劉公であった。公孫龍にとって好印象の人である。

――あの人が、召公を殺した……。

それが事実であっても、とても劉公を憎む気になれない。劉公の容貌《ようぼう》は温厚であり、陰険さはみじんもなかった。

「劉公は凶悪な人物か」

公孫龍はふたりに問うた。嘉玄はためらわずに答えた。

「周王を誠実に輔弼《ほひつ》している大臣であるとききました。召公と敵対したことはなく、むしろ友誼《ゆうぎ》があったとおもわれます。棠克どのがつきとめたことを疑いたくはないのですが、われらは少々解《げ》せぬと感じております」

「そうか……、われにも解せぬことがある。召公はなぜ狩りにでかけたのか。またその狩りが、かなり危険であるとあらかじめ知っていたふしがあるのはなぜか。どう思うか」

洋真のまなざしが暗くなった。

「いくたびも考えました。危険である狩りにゆかねばならぬとしたら、周王からご命令があったのです。周王が狩りをなさるので、その先払《さきばら》いを召公に命じられた、というようなことです」

「なるほど、そうにちがいない」

公孫龍は拳《こぶし》で自分の膝を打った。

「その狩りが、召公の暗殺をたくらむ者がしかけた罠《わな》であることを、たれかが召公に報《しら》せたのです。そのたれか、とは、劉公であったのではないか。さらに劉公は王命に従って召公を討滅《とうめつ》する側にまわらなければならなかった、などと推測してみたのです」

「よく、考えたな……」

そういいながら公孫龍は苦痛をおぼえた。召公が政敵と私闘をおこなって殺されたのではないとすれば、召公を消したいたれかが周王をそそのかしたのだ。つまり周王が召公を殺害したことになる。

——召公の仇は、わが父か。

子瑞はどこかに身を潜《ひそ》めながら、事件の真相を探りつづけ、真実をみつけたとすれば、公孫龍に近づきたいとはおもわぬであろう。

——われは子瑞を助けてやれない。

子瑞も、仇討ちの助力を公孫龍に求めはしないであろう。

「つらいことだ……」

公孫龍の沈痛なつぶやきをきいたふたりはうつむいた。

翌日、楽毅が上都に到着した。昭王はみずから城門の外にでて、最上の礼を示して魏王の使者を迎えた。これは魏王への敬意の表現であるというより、使者である楽毅の歓心《かんしん》を買うための努力であるといってよい。

この光景を遠くからながめていた公孫龍は、

「さあ、これからだ」

と、気分をあらためるように、あえて明るくいった。昭王は儀礼を終えれば、みずから説得にあたるであろう。しかし他国の王の使者を自国の臣にするというのは奇術といってよく、そうとうにむずかしい。せっかく魏が燕に交誼《こうぎ》を求めにきたのに、その使者を奪ったとあっては、魏王を怒らせ、向後《こうご》の燕の外交にさしさわりが生ずる。そのあたりのむずかしさも、昭王はうまくさばかねばならない。すべてが落着《らくちゃく》するには、

――早くて、来月か。

と、公孫龍は予想した。だが、仲秋をすぎても、公孫龍の耳に朗報はとどかなかった。

しびれを切らしたように仙英が公孫龍のもとにきて、

「どうなっているのか」

と、苛々《いらいら》と問うた。落ち着かないのは公孫龍もおなじで、極力情報を蒐《あつ》めているが、昭王は説得に応じない楽毅を足留《あしど》めすべく、魏王への答礼にあたる親書を与えないでいる、ということしかわからない。

「もはや晩秋だ。雪がふりはじめると、旧中山国の道を通れなくなる。それがわかっている楽毅どのは、燕にとどまって越年することはあるまい」

仙英はまもなく楽毅が帰国の途につくとみている。昭王の親書をうけとることなく

帰国すれば、楽毅は使命をはたせない無能の臣とみなされるであろうが、それでも帰るにちがいない、と公孫龍もおもった。

この日から、十日後に、外宮の牆の外に、布にくるまれた石が落ちた。

堂の蟋《こお》蟀《ろぎ》

外宮《がいきゅう》の牆《しょう》を超《こ》えて落下した石を拾ったのは、旭放《きょくほう》の家人である。

この家人はすぐに石を主人にとどけた。

石をくるんだ布《ぬの》をほどいた旭放は、布に書かれている短文を一読するや、

「やはり、こうなったのか。龍子《りょうし》の用心深さは、みならうべきだな」

と、つぶやき、いそぎの使いを公孫龍《こうそんりょう》に送った。まえに書いたように、龍子の子は敬語の一種である。

急報をうけた公孫龍はただちに二十人の家人を集め、

「楽毅《がっき》が、明朝、外宮を発《た》つ。それだけを伝えなさい。なお都外へ往《ゆ》く者は、馬をつかってよい。老人と子どもしかいない家には、馬車をさしむけなさい」

と、いいつけて、起《た》たせた。ついで復生《ふくせい》には、

「仙里《せんり》へ往《い》ってくれ」

と、いった。かれらの出発をみとどけた公孫龍のななめうしろに立っていた牙荅《がとう》は、

「燕《えん》王でさえ引《ひ》き留《と》められなかった楽毅を、民が引き留められるのでしょうか」

と、不安をまじえた声でいった。

「おなじできないことでも、不能《ふのう》と不可《ふか》はちがう。この場合は不能ではない。できるかぎりのことをやってみて、それでもだめなら、はじめて不可といえる」

こういう考えかたも郭隗《かくかい》先生から教えられた。ところが、当《とう》の郭隗先生は積極的に楽毅の説得にあたったようではない。それについては燕王におまかせしたという態度であった。

――いや、待てよ。

それについては、弟子のなんじにまかせた、と郭隗先生は暗《あん》にいったのではないか、と公孫龍はおもうようになった。

「ここにはなんじが残ってくれ。われは旭放家へ移る」

牙荅にそういった公孫龍は、童凜《どうりん》、嘉玄《かげん》、洋真《ようしん》、仙泰《せんたい》という四人を従えて、二乗の馬車で急行した。公孫龍の顔をみた旭放は、

「こうなることを、あなたは予見して、手を打っていた。その予見力は神がかりにみえるが、じつは、利害を超えたところにある人へのおもいやりの深さが、そうさせた。みなが考えることを常識としても、その常識をつきつめる者はすくない。つきつめれば、非常識に変わるところを、あなたは非凡にみせた。それだけのことだが、それだ

けのことをやりぬく人は稀有《けう》だ」

と、手ばなしで称《ほ》めた。

照れくさそうに微笑した公孫龍は、

「楽毅が帰国してしまえば、非凡はあっというまに凡庸《ぼんよう》に堕《お》ちてしまいます」

と、いった。正直なところ、この時点でも、公孫龍の胸裡《きょうり》に不安が蕩揺《とうよう》している。

宮中には旭放の息のかかった者がいるので、旭放家にいたほうが情報を蒐《あつ》めやすい。

夕食の膳《ぜん》がだされるころに、旭放のもとに一報がはいったらしく、くつろいでいた公孫龍に近づいてきた旭放が、

「王と大臣は、明朝、楽毅が発つことを、たれも察知していません。外宮では秘密裡《ひみつり》に旅の支度《したく》がおこなわれたということでしょう」

と、耳うちをした。

「房以《ぼうい》は、よく勘《かん》づいたな」

「ところで……」

弱い声でそういった旭放は、ためらいをみせて口をつぐんだ。

「なにか――」

公孫龍は目でも問うた。

「おそらく呂飛《りょひ》さまはあなたにいやなことをお語《つ》げにならないでしょう。が、わたしはあなたに隠しごとをしたくないので、申します」

「おう、死にたくなるほどいやなことでも、わたしの耳は拒絶しませんよ」

いちど死んだつもりの公孫龍は、身分をふくめてすべてを失ったはずであり、そこから起ちあがってここまでくると、自分としてはいやなことはなにひとつない。そういうすごみをひそめた快活さを、旭放は感じとることができるがゆえに、心底から公孫龍を信用するようになっている。

「東宮《とうきゅう》のことです」

「東宮というと、太子ですか」

「そう……、太子が、ひそかに楽毅を誹謗《ひぼう》し、王が辞を低くして楽毅を招いて王朝の重位《じゅうい》を用意していることが、おもしろくないということです」

「ははあ、太子にとりいっているたれかが、智慧《ちえ》をつけていますね。そのたれかとは、軍政にかかわりをもつ者でしょう。もしも楽毅が王に臣従するようになれば、おそらく燕の軍政は、楽毅がつかさどるようになります。それを恐れ、あらかじめさまたげるために、太子を動かそうとした者がいるのです」

子は父を批判してはならないというのが古来の孝道《こうどう》である。次代の王となるべき太子がその道を踏みはずすであろうか。燕王に直言できるほど高位にいないたれかが、太子に近づいて幽《くら》い声を放っているのであろう。

「なるほど、そうかもしれません。しかし、楽毅はけっきょく中山国《ちゅうざん》を滅亡させたのであり、そういう亡国《ぼうこく》の将を燕に迎えるのは不吉だ、という声がきこえてきます」

「中山は、中山王の驕《おご》りによって、自滅したのです。中山は小国でありながら、大国に追いつくかたちで、王を自称した。その驕りを嫌悪《けんお》した大国はどこも中山を助けなくなった。国も人も、驕れば滅ぶのです。その天理をたれがくつがえせるでしょうか」

「これは、おもしろい。驕った中山を征服した趙《ちょう》の主父《しゅほ》も、驕って自滅したのですかな」

旭放は軽く笑った。

——そうともいえるが……。

だが、主父の驕りとはどういうものであったのか。公孫龍は明示できない。むしろ主父は理を失った感情の迷昧《めいまい》のなかに淪没《りんぼつ》していったようにおもわれる。明確な意志をもった主父の生涯のなかでの一瞬の迷いが死を招いたといいかえてもよい。その迷いは、驕りとはちがうように感じられるが、驕りによって迷いが生じたのであれば、やはり死因は驕りという一語に収斂《しゅうれん》されてしまう。

しかし、本来、王という称号は周王にだけゆるされたもので、諸国の君主が自儘《じまま》に王を僭称《せんしょう》したことも驕傲《きょうごう》なのではないか。中山王だけが責められることではない。この現実をどう解釈したらよいのだろうか。かってに王国となった国は、いつか、ことごとく滅亡するのであろうか。いや、それよりさきに、衰弱しつづけてきた周《しゅう》のほうが滅びそうである。

――周は周、われはわれだ。

公孫龍はそう割り切っている。

とにかく、燕の王室は諸手《もろて》を挙《あ》げて楽毅を迎えようとしているようにみえたが、実態はそうでもないことが認識できた。燕にとっても、楽毅にとっても、どうなることが最善なのかは、明朝わかる。そう意《おも》いながら、公孫龍は就眠《しゅうみん》した。

夜が明けた。

この朝は、燕という国、王としての昭《しょう》王、魏《ぎ》王の使者となっていた楽毅、それぞれの命運における岐路《きろ》となった。

どれほど昭王に厚遇されようと、魏王からさずけられた使命を棄《す》てるわけにはいかないという強い意志をもっていた楽毅は、苦しみつづけた。魏と燕の友好のあかしである昭王の親書を得られないまま晩秋を迎えた。これ以上燕にとどまっていると、帰路が雪で閉ざされる。それを想《おも》いながら、楽毅は副使の意中をさぐるように、

「ここで、越冬《えっとう》しますか」

と、問うた。副使はおもいがけなく長い滞在に厭《あ》きたように、

「いや、帰りましょう」

と、即座にいった。しかし魏の正使と副使が帰途につくと昭王が知れば、外宮の門を開かぬようにし、警備兵を門の内外に配置するであろう。帰るとなれば、使者の接待役にもさとられぬように出発しなければならない。

——燕の上都《じょうと》の外にでることができれば……。

たとえ昭王が追手の兵をさしむけても、帰路をひらいてみせる自信が楽毅にはある。

「では、隠密《おんみつ》に——」

楽毅は副使のほかに腹心のふたりにだけ帰り支度を命じた。このふたりは中山にいたときの家臣で絶対に信用できる。ほかの従者には郊外へ遊興《ゆうきょう》にでかけると告げた。

——これで、よし。

朝に発つ、といっても、あまりに早い外出であると怪しまれるので、楽毅と副使は日が昇ってから、あえてゆっくりとでた。が、門外にわずかにでたところで、楽毅の

ゆくては人垣《ひとがき》でふさがれた。燕の兵ではない。あきらかに庶民が五百人ほど堵列《とれつ》していた。

——どういうことか。

眉《まゆ》をひそめた楽毅は従者を遣《や》って道をひらかせようとした。そのまえに庶民のひとりが馬車に近づいてきた。みおぼえのある顔である。

——司馬梁《しばりょう》か。

わかったとたん、楽毅の胸が熱くなった。司馬梁は中山王の臣下であり、戦陣では、楽毅の下で一隊をあずかって最後まで奮闘した将である。そのころの司馬梁の年齢は三十代のなかばであった。ちなみに中山の宰相《さいしょう》が司馬憙《しばき》であったときがあり、司馬梁はその族人である。

司馬梁は目をあげて楽毅を視《み》ると、

「ふたたび楽将軍にお目にかかる日がくると信じておりましたが、今日が、その日になりました。ここに並んでいますのは、すべて中山の民です。楽将軍のご尊顔を拝すべく、駆けつけました」

と、強い声でいった。

「おう——」

感動したせいで、ことばが喉《のど》のあたりにとどまったまま、口の外にでない。

「さて、将軍、いまからどこへ往かれるのか」

司馬梁のまっすぐなまなざしをかわすように、咳払《せきばら》いをくりかえした楽毅は、

「景勝の地を求めて、遊覧《ゆうらん》にでかけるところである」

と、かすれぎみの声でいった。

「嘘《うそ》を仰《おお》せになってはなりません」

司馬梁の声はさらに強い。

「将軍が信義の人であることは、すべての中山の兵と民が知っています。いまここでわれらをあざむくことは、天と地をもあざむき、畢竟《ひっきょう》、ご自身をあざむくことになるのです。虚妄《きょもう》の言は、その大小にかかわらず、人の今と将来を失わせる悪です」

楽毅は愧色《きしょく》をかくすようにうつむいた。

「この時期、郊外の秋景色はことごとく錆色《さびいろ》となり、地は冷えはじめております。それでも遊覧なさるのがまことであれば、どうか、ここにいるすべての者の随従《ずいじゅう》をおゆるしください。老人は手をひかれ、幼児は背負われて、ここに参じたのです。かれらの心情を憐《あわ》れんでいただきたい」

司馬梁の声に胸をつらぬかれたおもいの楽毅は、顔をあげて、

「われは魏王の臣として使命をはたすことができず、帰途につくところである」

と、はっきりといった。

「これは、したり。あなたさまほどの賢人が、たやすい使命をはたせないで、それを放擲《ほうてき》なさってよいものでしょうか」

「なにを申すか――」

楽毅は憮《むっ》として司馬梁を睨《にら》んだ。が、司馬梁はたじろがない。

「仄聞《そくぶん》したところでは、燕王は将軍に助力を求め、燕にとどまってくれるようにと懇《こん》願《がん》なさったとか。将軍がそれを受けてお許しになれば、燕王はすみやかに使者に親書をおさずけになって、魏王と親睦《しんぼく》する。そうであれば、なぜ将軍はそうなさらぬのか」

楽毅は小さく笑った。

「そなたは、自分が申したことが、わかっているのか。魏王の使者はわれであり、われが燕王の親書を受け取って燕にとどまれば、その親書は永遠に魏王のもとにはとどかぬ」

司馬梁はにこりともせず、半歩すすんだ。

「王の使者は、不測の事態にそなえて、かならず正と副があるものです。魏王の使者は将軍だけではありますまい。将軍がお受け取りになった燕王の親書を、副使が魏王のもとまで運べば、使命ははたされたことになります」

意表を衝《つ》かれたおもいの楽毅は、軾《しょく》に手をかけて、肩を落とした。

――妻子が大梁《たいりょう》にいる……。

正使としての任務を副使に委譲《いじょう》して、かってに燕王に臣従すれば、魏王に背《そむ》いたとみなされ、妻子が処刑されてしまうのではないか。

この楽毅の苦悩の色を瞻《み》た司馬梁は、車輪をつかむほど近づき、

「趙では有能な臣を諸国に派遣《はけん》して、その国の王を助けることによって、交誼《こうぎ》を厚くしています。ほかの国もおなじような手を打っています。この時勢がわからない魏王でしょうか。また燕王は、将軍に背信《はいしん》の汚名《おめい》を衣《き》せるような愚行をするでしょうか。どうか、将軍よ、魏王と燕王を信じていただきたい。そして、われらの主《しゅ》になっていただきたい」

と、天に昇ってゆくような声で訴えた。

一瞬、楽毅の胸から雑念が払われた。ふしぎなことに、司馬梁の声が下からでなく上からきこえた。

颯《さっ》と表情を改めた楽毅は、すみやかに馬車からおりて、司馬梁の肩をたたき、堵列

している人々のまえに立った。

「ともに燕で生きてゆきましょう」

やわらかくそういった楽毅は、人々に声をかけながらゆっくりと歩き、老人をみつけるとその手を執《と》って、よくきてくださった、とねぎらった。自身の直属の兵であった者が列のうしろに立っているのがわかると、列を割ってはいった楽毅が、よく戦ってくれた、向後《こうご》もわれを佐《たす》けてくれ、とねんごろにいった。

人々に感動が拡《ひろ》がり、涙ぐむ者が増えた。

ひとまわりした楽毅は、眉を揚げて、

「われはあなたがたとともに在《あ》る」

と、高らかに宣《の》べ、車中にもどると、馬首のむきを旋《か》えさせて、王宮へむかった。

その一部始終を遠くからながめていた仙英《せんえい》は、笑《え》みを哺《ふく》み、

「われの出番はなさそうだ」

と、かたわらの公孫龍の耳にとどく声でいった。公孫龍の策は二段構えであり、一段目の列が破られた場合、仙英の族人である百人が楽毅のゆく手をはばむというのが二段目である。しかしひそかに待機していた百人が起つことなく、事態は好転した。

「あの司馬梁という男は、賢良《けんりょう》だ。野《や》に置いておくのは惜しい」

中山において楽毅とともに戦っていた仙英だが、別働隊を率いていた司馬梁をみかけたことはなく、当然、その能力を知らない。燕に移住した司馬梁をみつけたのは公孫龍である。

「楽毅が燕王に仕え、軍政をあずかるようになれば、あなたはもとより、司馬梁も登《とう》用《よう》されて佐将《さしょう》となるでしょう。楽毅の軍の中核《ちゅうかく》は、旧《もと》の中山の将卒《しょうそつ》になりますよ」

「そうなると、おもしろい。楽毅どのが将帥《しょうすい》になれば、燕軍はいまの数倍も強くなる」

楽毅の将才がどれほどであるかは実戦の場に立たなければわからない。それがわかっているのは、楽毅とともに戦陣を駆けた者だけであり、そのひとりである仙英の見識を公孫龍は信ずるしかない。

楽毅に会った人々が散《さん》じはじめたので、公孫龍と仙英はいそいでかれらにねぎらいの声をかけた。五、六人の従者とともに歩き去ろうとした司馬梁に追いついた公孫龍は、

「燕王ができなかったことを、あなたはやってのけたのです」

と、称賛した。すでに公孫龍は、配下がみつけた司馬梁に会いにゆき、二、三回話し合っている。ふりむいた司馬梁は、

「なかば、あなたの智慧だ」

と、いって邪気《じゃき》のない笑いをみせた。その表情をみただけで、

——この人とは話せる。

と、直感した仙英は、公孫龍の紹介を待たずに名告《なの》り、中山の話をはじめた。ふたりの話が長くなりそうなので、公孫龍は従者をふくめて自宅に招いた。

はじめて公孫龍の邸宅を観《み》た司馬梁は、

「怪しむに足る宏大《こうだい》さだ」

と、冗談めかしていった。すかさず公孫龍は、

「一年も経《た》たずに、あなたはこの広さを怪しまなくなりますよ」

と、いった。賢知《けんち》の将になりうる司馬梁は、かならず楽毅に鉤用《こうよう》され、仙英と同等の生活規模をもつことになろう。

「そうかな……」

司馬梁はふりかえって従者をみた。中山滅亡後の辛酸《しんさん》をその従者とともになめてきたにちがいない司馬梁のおもいやりが、まなざしにこめられていた。

この主従と仙英に酒肴《しゅこう》をだした公孫龍は、趙の主父に降伏するまでの中山兵の戦いぶりをきいた。ふたりの話にでてくる楽毅の用兵は、神出鬼没《しんしゅつきぼつ》といってよく、さすが

の主父も中山兵を圧倒できなかった実情がわかった。

「中山王を殺さないのなら、降伏する」

この交渉をおこなったのも楽毅であり、主父はそれを容《い》れて、約束を守り、中山王だけでなく捕虜にした中山兵をひとりも殺さなかった。

——楽毅とは、そういう人か。

中山王の名誉を守りぬき、配下をいたわった。そういう楽毅の忠允《ちゅういん》の心を立てたのが主父である。主父と楽毅はたがいに敬信したといってよい。

「佳《よ》い話です」

公孫龍はふたりの話を厭《あ》きずにききつづけた。

翌日、旭放家へゆくと、房以が外宮からもどっていた。さっそく公孫龍は、

「あの石ひとつが、万里を飛翔《ひしょう》する鵬《おおとり》を墜《お》としたぞ」

と、称めた。

「へいっ、よかったです。楽毅さんは燕王にお仕えすることになりました」

「それは、大慶《たいけい》」

「主人はあなたさまの配慮に、感心しきりです」

「はは、われも称めてもらえるのか。しかしこのたびは、旭放どのの協力があっての

上首尾だ」

旭放がどれほどの人数の家人を動かして公孫龍の策を陰助《いんじょ》していたのか、公孫龍にもわからない。かれは旭放の笑顔をみつけると、両膝《りょうひざ》をそろえて坐《すわ》り、

「あなたのおかげで、燕は秘宝を拾いました。この宝の価値がどれほど高いか、やがて天下の人々が知って驚倒《きょうとう》することになりましょう」

と、感謝をこめていった。その膝に手を置いた旭放は、

「かつてわたしは太子のころの燕王とともに戦い、燕王にいのちを救われた。これが大きな報恩《ほうおん》になるのであれば、これほどうれしいことはない。ほんとうの秘宝とは、あなたのことですよ」

と、感激をかくさなかった。

旭放の話では、楽毅はみずから正使の任を解《と》き、副使を正使にあらためて、燕王の親書をうけとらせ、帰国させたという。これで燕と魏の国交に親和《しんわ》の色が加えられたことになるが、楽毅の件について説明が要《い》るので、燕王は魏へむけて使者を発たせたらしい。その使者は、魏都に残っている楽毅の妻子を燕都へ移すという密命を帯びているにちがいないが、

「しばらく将軍のご妻子は、人質として留《と》め置《お》かれることになるでしょうな」

と、旭放は推測した。

「魏王に贈り物をすれば、問題はすぐにかたづきますよ」

「どのような贈り物ですか」

「馬、千頭――」

「あっ、はっ、はっ」

旭放は哄笑《こうしょう》した。燕王の力をもってすれば、一万頭の馬をも集めることができる。千頭の馬を魏王に進呈《しんてい》することくらい、たやすいことである。

「呂飛さまに申し上げておきます」

この発想が旭放から呂飛へ、呂飛から燕王へつたわってゆけば、楽毅にかかわる難件はきれいに解決するであろう。

帰宅した公孫龍は、堂の隅《すみ》に小さな影をみた。よくみると、蟋蟀《こおろぎ》である。

蟋蟀《しっしゅつ》 堂に在り
歳《とし》 聿《ここ》にそれ逝《ゆ》く

公孫龍はしんみりと詩を低吟《ていぎん》した。たまたまうしろにいた牙荅が、

「唐風《とうふう》の『詩』ですね。それには、良士《りょうし》は蹶蹶《けつけつ》たり、とあります。良い男は用心深いものだということでしょう。主はまさにそれです」

と、いった。かつて牙荅は周の王子に仕えるとわかってから、よりいっそう『詩』(詩経)と『書《しょ》』(尚書《しょうしょ》)を熱心に学んだ。そのふたつは周の王族と貴族が暗誦《あんしょう》できるほど読まなければならぬ書物である。ちなみに唐とは、晋《しん》の前身の国で、その国の民謡を唐風という。

「蟋蟀はこの冬を越せまい。哀れなものだな」

「しかし主よ、二、三百年を越えて生きてゆく樹《き》が人をみれば、憐憫《れんびん》の情をもよおすでしょうか」

「吁々《ああ》、それはあるまい」

蟋蟀はせいいっぱい生きたのだ。この虫は人の哀憐《あいれん》の外にいる。人も、何百年も生きる生物とくらべることはできない。

「中山という国は厳寒の時を超えられず死に絶えたが、燕は滅亡同然であったにもかかわらず苛烈《かれつ》な時をくぐりぬけた。奇蹟《きせき》の越冬といってよい。まもなく酣々《かんかん》たる春にさしかかろう」

公孫龍の予感は明るい。

暗中飛躍

冬のあいだに、燕《えん》の昭《しょう》王は楽毅《がっき》を厚遇《こうぐう》して、年末には、

「亜卿《あけい》」

という高位に昇らせた。亜卿は、卿《けい》に亜《つ》ぐ大臣をいい、次卿《じけい》といいかえてもよい。戦国時代よりまえの春秋《しゅんじゅう》時代に、国政に臨《のぞ》む最上級の大臣を卿といい、そのなかでも執政《しっせい》にあたる大臣を正卿《せいけい》といった。戦国時代になると、正卿は相《しょう》とよばれるようになったので、楽毅の亜卿が、亜相（次相）にひとしいのか、それより下位なのか、いまひとつはっきりしないが、とにかく、楽毅が昭王から殊遇《しゅぐう》を与えられたことはまちがいない。

年があらたまると、まず司馬梁《しばりょう》が公孫龍《こうそんりょう》のもとをおとずれて、

「このたび燕王にお仕えすることになり、楽亜卿をお佐《たす》けすることになった。それらのことは、すべてあなたの陰助《いんじょ》による」

と、礼意を示した。

公孫龍に礼を述べにきたのは司馬梁だけではない。正月のあいだに、七、八人はき

た。そのなかの半数は、楽毅の家臣になるという。昭王からの賜賚《しらい》をもとにして燕都で家を建てた楽毅は、もとからの従者のほかに五十人ほどの士を召し抱《かか》えることにしたらしい。つまり楽毅は家臣の大半を旧《もと》の中山《ちゅうざん》人にするということである。中山から燕に移住して、日当たりの悪い地で凝佇《ぎょうちょ》していた人々に、陽射《ひざ》しがとどいたといえる。

来訪者の表情がことごとく明るかったので、すっかりうれしくなった公孫龍は、昨秋、中山からの移住者捜しに奔走した家人をねぎらうべく、仙英《せんえい》をも招いて、慰労の会を催した。

燕の春は遅いので、まもなく仲春にさしかかるというのに、庭の桃は開花しはじめたばかりである。その庭に毛氈《もうせん》を敷《し》きつめて宴会の席とした。昨年の晩冬に大量の毛氈と銭をとどけにきたのは、光霍《こうかく》である。この交易《こうえき》商人は、牧場経営もはじめたという、

「さっそく千頭の馬を政府に買ってもらいましたが、あなたが陰《かげ》の仲介者であることくらい、わからぬわたしではない」

と、笑い、仲介料を置いていった。素直にその銭をうけとった公孫龍は、楽毅の帰国を止めるために集まってくれた人々へ、残らず分配した。それをみた牙荅《がとう》は、

「本来、それは、燕王がなさるべきことでしょう。主《しゅ》のひそかな尽力と配慮を知らず、

褒詞《ほうし》ひとつもおさずけにならない燕王が、英主といえましょうか」

と、口をとがらせた。

「おい、おい、われは燕王に称《ほ》められるために動いたわけではない。かつてわれは趙《ちょう》の主父《しゅほ》を尊崇《そんすう》したが、主父が謬《あやま》れば、批判者にも敵対者にもなる、といったことがある。燕王にたいしても、その主義は変えない。天理と人倫《じんりん》に従えばよい」

大仰《おおぎょう》にいえば、王に称められるよりも、天に称められるか、民衆に称められるほうがよい。それが公孫龍の信条《しんじょう》になっている。

慰労会の席にあらわれた仙英は、開口一番、

「趙王の使者がくる。これも、あなたのしかけだろう」

と、諧謔《かいぎゃく》ぎみにいった。

「とんでもない。どうしてわたしが趙の外交に口をはさめましょうや。趙の公子成《せい》、いや安平君《あんへいくん》は、剛愎《ごうふく》な人ですが、約束はかならず守るので、燕は趙との友好を温めてゆくべきです」

「ふむ、まあ、そうだろうな」

仙英も昭王の志望に勘《かん》づいている。

――斉《せい》に報復する。

それが昭王の志望のすべてであろう。隣国の趙と争えば、その志望は遠のくばかりである。しかしながら、なるべく軍費をそこなわず、国を富まし兵を鍛《きた》えても、おそらく孟嘗君《もうしょうくん》に督率《とくそつ》される斉軍には勝てないであろう。不敗を誇っていた秦《しん》軍でさえ、孟嘗君を元帥《げんすい》とした三国の連合軍に圧倒された。仙英は、燕の軍政をまかされた楽毅に諮問《しもん》される地位に昇ったが、

――どれほど楽毅が非凡であっても、孟嘗君には克《か》てないだろう。

と、想《おも》わざるをえない。燕軍が斉軍にまさるためには、奇想が要《い》る。その奇想を産む人物といえば、公孫龍を措《お》いてほかにはいない。

「なあ、龍子《りょうし》よ、今年でなくてもよいが、斉を探《さぐ》ってきてはくれまいか」

敵を知らなくては、戦いに勝てるはずがない。

「斉を探れ、ということは、孟嘗君を探れ、ということですか」

「そこまでは、いっていない。斉の実情を知りたいだけだ」

「そうですか……。いちおう、うけたまわっておきます」

すでに公孫龍は家人のうちの二十人を四組に分けて、諸国へ遣《や》っている。各地の特産物を調べるためと、燕支《えんし》染《ぞ》めを売り込むためである。燕支は旭放《きょくほう》が独占しているが、その染色技術を公孫龍にだけ教え、材料をふくめた売買をも許可した。諸国巡りを公

孫龍自身がおこない、斉国へゆく手もある。

さて、慰労会である。

家人の四十人ほどが毛氈の上に坐《すわ》り、その感触《かんしょく》のよさにおどろき、だされた料理の豪華さを楽しんだ。かれらをながめた仙英は、

「龍子の家人に甲《よろい》をつけさせれば、精兵に変わり、四、五十人が四、五百の敵兵を撃退できる。楽亜卿がそれを知れば、あなたを放っておくであろうか」

と、笑いながらいい、觴《さかずき》を挙《あ》げた。かれの目はさりげなく族子《ぞくし》である仙泰《せんたい》を視《み》ている。その挙止《きょし》に目立った変化はないが、心気《しんき》が勁《つよ》くなったように感じられる。どれほど烈《はげ》しく復生《ふくせい》に鍛えられているのかは知りようがないが、その目容《もくよう》にかつてなかった静まりがある。いま公孫龍は宴席をまわって、家人ひとりひとりにねぎらいの声をかけはじめた。声をかけられた者は、自分がどれほどのことをしたのか、はじめて知ったかもしれない。他人事《ひとごと》ではない。仙英自身も、公孫龍の巨《おお》きなおもいやりのなかに斂《おさ》められて、いまがある。それを憶《おも》うと、

――公孫龍は少壮《しょうそう》でありながら、すでに王者の器《うつわ》ではないか。

と、感じた。

この日から、五日後に、趙の使者が燕の上都《じょうと》に到着した。

その正使と副使は昭王に謁見《えっけん》して、趙の恵文王《けいぶんおう》（趙何《ちょうか》）が服忌《ふくき》を終えて聴政《ちょうせい》の席に即《つ》いたことを告げ、親書に地図を添《そ》えてさしだした。親書を一読した昭王は、地図に目をやって、

「これは——」

と、問うた。正使はうやうやしく、

「燕王に献上する、鄚《ばく》と易《えき》の地図でございます」

と、答えた。

「ほう——」

昭王の左右にいる者だけでなく居ならぶ大臣も、小さくざわめいた。鄚と易は燕と趙の国境近くにある城《じょうと》で、むろん趙の城である。その二城を、燕の二城と交換するわけでもなく、燕に譲渡するという。趙が燕との国交の親密化をはかりたいのはわかるが、そのための使者に二城を手土産《てみやげ》として持たせるという奇想は、燕だけでなく天下をもおどろかすであろう。

「のちのちまで燕とは友好をつづけたいという、わが趙王の真心《まごころ》の一端であるとお察しくださいますように」

使者は稽首《けいしゅ》した。

「よくわかった。すぐに答礼の使者を発《た》たせるであろう」

昭王は昂奮《こうふん》をおさえた表情で、うなずいてみせた。かつて中原《ちゅうげん》の国々から北を観《み》れば、燕は陬遠《すうえん》の小国で、かすんでいたであろう。ところがいまや、燕の実力はあなどれないと気づき、まず魏《ぎ》が、ついで趙が、交誼《こうぎ》を求めて使者をよこした。昭王が培《つちか》ってきた富国強兵策がみのりつつあるあかしであろう。

趙王の使者は、外宮《がいきゅう》に三日間滞在した。昭王のもてなしをうけた正使と副使であるが、三日目の昼間に、正使だけが外宮から姿を消した。あらわれたのは公孫龍の家にである。

「周蒙《しゅうもう》どの、あなたが正使でしたか」

公孫龍は歓声を放ってこの知人を迎えた。ふりかえってみるまでもなく、周蒙とのつきあいは長くなった。恵文王が公子であったころから、守護しつづけてきたのは周蒙であったといっても過言ではない。

「わが王はぶじに服忌を終えられた。それよりもなによりも、王はそなたのことばに救われたと仰《おお》せになっている。死ぬよりつらかったかたを助けるなどということは、あまたいる群臣のなかでたれもできなかったにちがいない。王はそなたに大恩をお感じになっている。そなたのいかなる志望でもかなえさせるという御心が、王にお在《あ》りになることを伝えにきた」

「かたじけないことです」

公孫龍には志望などはない。天に活《い》かしてもらっているかぎり、せいいっぱい生きるだけである。

「なあ、龍子よ、そなたがわが王にお仕えすれば、十年も経《た》たないうちに、そなたが宰相《さいしょう》になろう。そうなれば、趙は中華で最高の国となり、そなたの名は孟嘗君をしのぐ、というのがわれの夢想だ」

周蒙は笑った。公孫龍も笑い、

「夢想は、夢想です」

と、いった。仕官はぜったいにしない、と心に誓っている。

周蒙は去った。ひそかに趙の使者の集団を見送った公孫龍は、いまの趙王が国王でいるかぎり、趙は国力を大きく減退させるような失敗はしないだろうと予感した。ただし安平君と李兌《りたい》は外交の向きを換《か》えるにちがいないので、主父の時代とちがって、中原での戦いに趙軍を参加させざるをえなくなるだろう。それを想うと、

——残念ながら、趙には良将が育っていない。

というのが、公孫龍の客観的な認識である。

自宅にもどった公孫龍は、光霍から贈られた毛氈をすべて仙英のもとに届けさせた。むろんそれは仙英の協力にたいする礼物である。ただし毛氈は軍事にも利用できるので、仙英は族人にくばるだけにはしないであろう。

桃の花が満開になった。

その花が凋落《ちょうらく》するころ、趙の首都の邯鄲《かんたん》にある芷冗《しじょう》家をこっそり訪ねた男がいた。芷冗は富商のひとりであるが、とても紳商《しんしょう》とはよべないあくの強さをもっている。塩の売買の特権をさずけられたばかりの公孫龍を、門前払いにしたのはこの商人である。

裏庭から室《へや》にあがりこんだ男をみた芷冗は、亡霊に逢《あ》ったように驚愕《きょうがく》した。

「李巧《りこう》さま――」

窓辺に坐っていた男は目をあげて、

「沙丘《さきゅう》で死んだのは、われではない。弟の李元《りげん》だ」

と、いった。主父の側近のなかでも上位であった李巧は、公孫龍を追跡して代兵《だい》を導くという任務を与えられた。あと一歩で公孫龍を殺すところまで行ったが、安陽君《あんようくん》の危独《きどく》を知った代兵が引き返してしまったため、その任務を完遂《かんすい》することができなかった。その後、主父に復命する状態にならず、代兵は四分五裂し、安陽君は戦死した。

主父を護《まも》ろうとした兵も一蹴《いっしゅう》されて、側近たちは斬られた者もいれば捕らわれた者もいた。主父ひとりが残された宮殿に、李巧は弟とともに忍び込もうとしたが、警備の兵に発見されて、李元が撃殺された。夜陰《やいん》にまぎれて遁走《とんそう》した李巧は、逃げに逃げて、いちど国外にでた。主父の死を知って涙をながした李巧は、中山において主父の軍の将として活躍した父の李疵《りし》が、閑職《かんしょく》へ遷《うつ》されたことも知ってくやしがった。やがて、投獄されていた主父の側近たちが赦免《しゃめん》されたこともわかったが、けっして赦《ゆる》されることのない石窄《せきさく》のような側近が、二、三人いるという情報を得たため、自分がそのなかのひとりではないかと用心し、帰国をおくらせた。沙丘の乱からずいぶん月日が経ったが、いまでも用心をおこたらない。

ただし、芷冗は昨日の友を今日は敵に売りかねない商人である。それを承知で李巧は会いにきたのである。

「あなたさまは死んだことになっていますので、これからは逃げ隠れする必要はなく、あらたな名で悠々《ゆうゆう》と生きてゆかれます」

芷冗にそういわれた李巧は口をゆがめた。

「安平君を甘くみてはいけない。沙丘で死んだのがわれではなく李元であると、調査ずみだろう。そなたはいまわれを捕らえて李兌につきだせば、賞をさずけられよう」

芷冗は軽くおどろいてみせた。

「とんでもない。そんな不義理なことをしましょうか。あなたさまと主父さまにはひとかたならぬ愛顧《あいこ》をたまわったのです。ご恩は、忘れておりませんよ」

「殊勝《しゅしょう》な心がけよ。そのせいで、そなたの商売はふるわなくなった。ちがうか」

芷冗は慍《むっ》とした。

王室への出入りをさしとめられたあと、王室からの使いがまったくこなくなっただけではなく、王族と大臣の来訪もなくなった。

「それにひきかえ、いったん閉店を命じられた鵬由《ほうゆう》は、子の鵬艾《ほうがい》に店を開かせて大繁《はん》盛《じょう》している。宮中の調度品はすべて鵬艾家から納入されたときいた。衣類、几《き》席《せき》、帳《ちょう》帷《い》などは公孫龍家が作り納めたようだ。両家の利は莫大《ばくだい》だ。これはうわさだが、鵬艾に開店させるために手をまわし、東武君《とうぶくん》を動かし、安平君を説得させたのは、公孫龍らしい。やがて趙の商業界は鵬艾と公孫龍が牛耳《ぎゅうじ》り、そなたは衰亡《すいぼう》の一途をたどることになろう」

李巧に揶揄《やゆ》された芷冗はおもしろくなさそうに横をむいた。かれは主父にとりいって商売を発展させてきたが、沙丘の乱に関しては、表立って安陽君に援助しなかったので、乱のあとにきつくは咎《とが》められなかった。趙の富商のなかで最大である鵬由家に

おりた咎殃《きゅうおう》を横目でみて、

——これで鵬由は立ち直れない。

と、内心喜んだ。

芷冗は恵文王の母方の祖父の呉広《ごこう》とは多少の縁《えん》があり、呉広の女《むすめ》が后《きさき》に昇ったことにより、商人としてかれも伸《の》し上がった。その后（恵后《けいこう》）が亡《な》くなり、呉広が引退しても、恵文王とのつながりを信じているかれは、鵬由さえ消えれば自分が趙の商業界だけでなく工業界でも巨頭《きょとう》になれる、と胸算用《むなざんよう》をした。が、現実には、そうはならなかった。執政の席に就《つ》いた安平君は、国内に残存している主父色を消去しようとして、主父との紐帯《ちゅうたい》をもっていた者をことごとく排斥《はいせき》した。芷冗は王室への出入りを禁止されたうえに塩の売買の特権を召し上げられる、といううわさがある。

「あの新参者めが——」

芷冗は公孫龍をののしった。それを鼻で哂《わら》った李巧は、

「そなたは公孫龍にいやがらせをしただろう。怨《うら》まれて、報復されたのよ」

と、冷たい口調でいった。

「あの若造《わかぞう》に、そんな力があろうか」

「いや、それが、あるのさ」

いまや、趙王だけでなく弟の東武君も公孫龍に全幅《ぜんぷく》の信頼をおいている。あのむずかしい安平君さえも公孫龍の才覚に感心し、隠れた顧問《こもん》にするのではないかといわれている。

「趙の塩の売買は、早晩《そうばん》、公孫龍の一手《いって》に斂められるだろう。そなたはいまのうちに商売替えをしたほうがよい」

李巧に嘲笑《ちょうしょう》された芷冗は歯がみをしはじめた。それをみた李巧は、急に真顔《まがお》になり、

「公孫龍を、消してやろうか」

と、いった。

「できますか、そんなことが」

芷冗は固唾《かたず》をのんだ。

「できるとも。ただし銭が要る。それに公孫龍を国外に誘いだしてもらわねばならぬ。しかも公孫龍の従者を十人以下にしてもらいたい。それができれば、公孫龍はどこかで客死《かくし》する」

李巧は断言した。かれは主父の側近として公孫龍のなみなみならぬ勁《つよ》さをみてきた。主父が、公孫龍を殺す、と決断した理由もわかった。それを公孫龍が予見したわけではあるまいが、沙丘の乱は実質的に主父と公孫龍との戦いであり、主父が負けたのだ、

と李巧は認識している。主父の命令はいまだに李巧のなかに生きている。李巧にとって主父は唯一無二《ゆいいつむに》の主人であり、その命令は、自分が死ぬまでにかならず果たさなければならない。

「われは客人をともなっているので、隠れ家を用意してくれ」

その客人が裏庭にあらわれた。長髪をうしろで括《くく》り、葛衣《かつい》を着ている。

「あのかたですか」

「そうだ。五百歩《ぽ》さきの臬《まと》をもはずさない弓の達人だ。かれの矢が公孫龍を殪《たお》してくれる」

李巧の客人は、趙人《ちょうひと》でも魏人《ぎひと》でもない。代の西方には楼煩《ろうはん》という狩猟民族の勢力圏がある。三年まえに主父は代から西へ巡行《じゅんこう》して、楼煩の族を順服《じゅんぷく》させた。その際、交歓《こうかん》の宴が設けられ、李巧は狛《はく》という射術《しゃじゅつ》に長じた男と意気投合した。楼煩の族人の弓矢の巧《うま》さに感心したのは、むしろ主父のほうが先で、かれは楼煩王から五百人を借りて自分の軍に加えた。中山攻めにも、その五百人は参加し、狛はそのなかにいた。その後、主父はかれらの大半を帰し、三十人ほどの族人を自身の配下として残した。狛は主父に愛されたので残留組にはいった。ところが狛は沙丘の乱のときに主父の近くにいなかった。ちょっとした事情があって楼煩にもどっていた。用件をかたづけた狛が趙国にむかう途中で、乱を知り、さらに沙丘からのがれてきた族人に出会ったのである。

——わけがわからぬ。

乱の内実がわからない狛は、当惑《とうわく》して、趙の国境近くにとどまった。それから三日のうちに、逃走にてまどった十数人の族人を発見した。主父を護るために戦って死んだ族人がいることも知った。狛が最後に発見したのが李巧であった。

李巧をともなって、いったん楼煩へ帰った狛は、ある程度沙丘の乱の全体像をつかんだので、

「主父の仇《あだ》は、公孫龍だ」

と、いう李巧の断言が、正しいとはおもわれなかったが、この怨憤《えんぷん》に満ちた友人を助けることにしたのである。狛自身にも、主父の死を痛惜《つうせき》する心がある。

李巧と狛をもてなしたあと、ふたりを隠れ家に移した芷冗は、自宅にもどり、

——さて、どうするか。

と、独《ひと》りで考えはじめた。たかが一賈人《こじん》を暗殺するのに、これほど慎重になる必要があるのか。銭もかかる。たとえ公孫龍が死んで公孫龍家が消滅しても、自家に隆《りゅう》昌《しょう》がもどるという保証はない。考えあぐねた芷冗は、ついに苦思《くし》からのがれるように、

家宰《かさい》の遠有《えんゆう》を呼んで秘事をうちあけ、意見を求めた。

この老練《ろうれん》な助言者は、李巧が死んでいなかったことに軽くおどろいてみせたが、すぐに陰険《いんけん》な智慧《ちえ》をめぐらせた。

「あなたさまがおつかいになる銭の十倍以上の財を得られ、しかも目ざわりな公孫龍を始末する策がございます」

遠有は幽《ほの》かに笑い、自分の胸をたたいた。

この日から半月後に、邯鄲の公孫家をあずかっている棠克《とうこく》はいそぎの使いをだして、燕の上都へ駛《はし》らせた。その使いから伝言をきいた公孫龍は、

「あとは、まかせた」

と、杜芳《とほう》にいい、数人の従者とともに邯鄲に急行した。ちなみに公孫家の財務をおこなっている杜芳は、五十代のなかばに近づきつつあるという年齢であるが、往年の堅物《かたぶつ》という印象から脱却《だっきゃく》して、殖財《しょくざい》の才をはつらつと発揮している。郭隗《かくかい》先生の講義を聴くうちに、人格的に一皮《ひとかわ》むけたといってよい。

邯鄲に到着した公孫龍は、棠克から委細《いさい》をきくまもなく、府中に参じた。

「遅い」

と、いわんばかりの府尹《ふいん》（府の長官）は、

「これから斉へ往《い》ってもらう。いまからさずける黄金を、臨淄《りんし》の秋円《しゅうえん》にとどけよ。塩は秋円がわが国まで運んでくれるので、多数で往《ゆ》く必要はない。黄金が秋円にとどかぬ事態になったら、なんじを処罰し、家財を残らず没収する。よいか、こころして往け」

と、ことさら厳乎《げんこ》といった。

田《でん》甲《こう》事件

「公孫龍《こうそんりょう》が斉《せい》へ往《ゆ》く」

この伝聞《でんぶん》はすぐに恵文《けいぶん》王の近くまでとどき、出発の日には、周蒙《しゅうもう》だけではなく、なく、なんと東武君《とうぶくん》まで見送りにきた。

東武君は公孫龍が予定している道順をきくと、強くうなずき、

「それがよい、わが邑《まち》を通って、平原《へいげん》へ渡り、東行すれば、臨淄《りんし》へは最短で着ける。なんじを商賈《しょうこ》としてではなく、王の臣としてあつかうように、邑宰《ゆうさい》へは書翰《しょかん》を書いておいた。これを持ってゆけ」

と、直筆の書翰を手渡した。東武君にはこういうこまやかなやさしさがある。ちなみに東武君の邑は邯鄲《かんたん》の東北にあって、東武城あるいは武城《ぶじょう》とよばれる。出発まえに公孫龍は臨淄までの旅程《りょてい》を府尹《ふいん》にとどけたが、東武君はそれを知らないまま、東武城を通ってゆくように助言にきたのである。

公孫龍は出発した。

二乗の馬車にそれぞれふたりが乗り、四騎の騎馬が付いた。公孫龍をいれて八人で

ある。まえの馬車は童凜《どうりん》が御《ぎょ》し、うしろの馬車で手綱《たづな》を執《と》ったのは、巴朗《はろう》、という二十代なかばの従者である。巴朗は、召《しょう》公祥《しょう》の家臣ではなく、棠克《とうこく》の臣下であったが、

「わたしがお従《とも》できないので、御にすぐれた者をお推《すす》めします」

と、棠克に推薦《すいせん》された俊材《しゅんざい》である。公孫龍はかれをひと目視《み》ただけで、

――商人にしておくのは、もったいない。

と、おもった。巴朗は十四、五歳から棠克に仕えて文武にはげんだらしく、おそらく召公の直臣になって、召公を佐《たす》ける地位まで昇りたいという志望があったのではないか。

東武城に着いた公孫龍は、巴朗だけを呼んだ。

「そなたを商賈の道にとどめておくのは惜《お》しい。召公家の復興が絶望的であるいま、そなたを趙《ちょう》王に推挙したい。いや、燕《えん》王に薦《すす》めることもできる。あるいは、燕の亜卿《あけい》となった楽毅《がっき》も良臣を募《つの》っているので、そちらも選択肢《せんたくし》のひとつだ。そなたの本望《ほんもう》を、われにだけ、うちあけてくれぬか」

このおもいがけない親愛の言に、おもわず平伏した巴朗は、胸裡《きょうり》の動揺をしずめてから仰首《ぎょうしゅ》した。

「わたしは生涯、棠克さまの左右にいると決めております。昔、こういうことがあり

ました。召公が天子より龍馬《りょうば》を賜《たまわ》りました。わが父がその名馬の馴制《じゅんせい》（調教）をおこないましたが、あるとき、なにかにおどろいた馬が埒《らち》にぶつかり、脚を骨折し、そのまま死にました。召公はその馬に乗って天子のまえで馬術を披露《ひろう》することになっていたので、父の失態は、死んでも赦《ゆる》されることではありません。しかしながら、棠克さまは、詳細を調べたうえで、父を弁護してくれました。死んだ馬は、下賜《かし》された時に、骨折の疑いがあったこと、父が荒い馴制をおこなったわけではないことを、逐一《ちくいち》、召公に言上したのです」

「さすがに棠克らしい」

公孫龍は感心したというより感動した。

「召公は英明なかたです。千里の馬よりも、千里の馬を育てる者をわれは尊ぶ、と仰《おお》せになったのです。父とわたしは喜びにうちふるえました。召公のためなら水火《すいか》も辞《じ》せぬおもいの父は、狩りにでた召公に随《したが》って、戦死しました。わたしはそれを知って、大恩のある棠克さまのためならなんでもしようと心に誓ったのです」

「ああ、みごとな覚悟よ」

巴朗を手放しで称《ほ》めた公孫龍は、この日は、爽快感《そうかいかん》にくるまれた。

東武の邑宰は、主君と公孫龍との浅からぬ関係を知っているらしく、主君からの書翰を読むまでもなく、あつかいは丁寧《ていねい》であった。宿舎を手配しただけでなく、翌日には、斉との国境にあたる河水《かすい》まで護衛の騎兵を付けた。さらに船と筏《いかだ》と舟人《しゅうじん》をそろえるという念《ねん》の入《い》った配慮で、公孫龍らを見送った。

「東武君の年齢はまだ十代のなかばでしょう。それで、この気づかいですか」

と、船中の嘉玄《かげん》はしきりに感嘆した。

対岸には平原という邑がある。

公孫龍はなかば趙王室の使者という資格で入国した。

——いよいよ斉か。

斉の王は湣《びん》王であるが、孟嘗君《もうしょうくん》の盛名《せいめい》は湣王をしのいでいる。公孫龍は孟嘗君に会いにゆくわけではないのに、心が躍動した。

平原の邑から東南へむかい、済水《せいすい》を越えると、歴下《れきか》という邑に到る。歴山の麓《ふもと》にある邑で、軍事的にも重要な邑である。そこまでは平坦《へいたん》な道であったが、そこからは起伏の多い道となる。が、ほぼまっすぐに東行すれば臨淄に着ける。ただしこの道は、臨淄まで一日という地点で南へむかい、幹線というべき道路と合流してから北へむかってゆく。途中にゆるやかな丘陵と林道がある。

そこに李巧《りこう》がいた。

かたわらの狛《はく》が、弓を立てて、

「臨淄から遠くないのに、こんなところがあったのか。しかし通行する者が皆無《かいむ》というわけではない。もっと人目につかぬところはなかったのか」

と、いった。

「公孫龍がどこを通っても、かならずこの道にくる。ほかの地で人を集めても、けっきょくここまで連れてこなければならない。斉には流れ者が多い。臨淄のあたりで銭で釣《つ》るほうが、手間《てま》がはぶける」

「われの矢で、公孫龍は殪《たお》せる。多数で襲う必要はあるまい」

「いや、荷を奪う必要がある。銭をだしてくれた芷冗《しじょう》への土産《みやげ》になる」

「ふん、そうか……」

狛は弦《げん》の張りぐあいをたしかめるべく、それを指で軽く鳴らした。ふたりは丘の端に立つ屛風《びょうぶ》のような岩の陰《かげ》にいる。李巧が集めた者たちは、道路の整備にあたる人夫のようなかっこうで林道にいる。

「見張りの報《しら》せでは、公孫龍は二乗の馬車のうち、うしろの馬車にいる。御者の左に立っているはずだ。ただし、ここからでは、車蓋《しゃがい》がじゃまになりはせぬか」

屛風岩は道より高い位置にある。矢を放つには絶好の場所にはちがいないが、車中に立てられている蓋《かさ》が公孫龍の上半身をかくしてしまう。

「われの矢は岩をもつらぬく。車蓋の有無《うむ》など、気にしなくてよい」

狛はすこし目をあげた。風の強弱をはかる目である。いまは無風にちかい。

「きた——」

李巧の声は低いがするどかった。

二乗の馬車の前後にそれぞれ二騎の騎馬がいる。それらの速さは人が歩くよりは速いという程度なので、狛としては狙《ねら》いやすかった。

満《まん》を引いた狛の弓から矢が放たれた。その矢は車中に立つ蓋を裂いた。

「む……」

狛は眉《まゆ》をひそめた。手応《てごた》えが、ちがった。狛の耳は小さな金属音をとらえた。矢の先が公孫龍の頭蓋《ずがい》を砕いた音ではない。

——しくじったのか。

わずかの間、呆然《ぼうぜん》とした狛は、二の矢を放てなかった。

矢が放たれた直後に、隠してあった馬に乗った李巧は、鉦《かね》を打った。鉦を鳴らすのは引き揚げのときだけではない。その音は、林道で屯《たむろ》していた無法者たちを起《た》たせ、攻撃にむかわせた。そのなかの十人ほどが半弓をもち、馬上から矢を放って突進した。

が、騎射に関しては、嘉玄や洋真《ようしん》など趙で鍛練《たんれん》した者たちのほうが圧倒的に巧《うま》い。かれらが放つ矢によって、またたくまに数人が落馬した。

むろん、車中の公孫龍は死んでいない。

二日まえに、洋真から、

「われらを蹤《つ》けている者がいます」

と、おしえられた公孫龍は、身近に楯《たて》と刀《とう》を置き、騎馬の者にもいつでも楯と武器を渡せるようにした。

「見張りが消えました」

この報告をうけた公孫龍は、みなを集めて、

「おそらく今日、賊の襲撃がある。荷のなかみがなんであるか、知っている者が、その首領にちがいない」

と、告げた。

丘の麓から林にさしかかる道で、異様な空気の震《ふる》えを感じた。直後に蓋は破れ、とっさにもちあげた楯が鳴り、火花が散った。

——これほどの勁矢《けいし》は知らぬ。

一瞬、公孫龍の心胆《しんたん》は寒くなった。襲ってくる衆《しゅう》が、じつは正規兵ではないか、と

心身の構えを改めたが、直後にみた賊は武術に長じているとはおもわれない烏合《うごう》の衆であった。ただし人数は多い。

林道にはいると、伏兵が涌《わ》きでて、馬車の前後をふさいだ。かれらがもっとも恐れたのは、まえの馬車に乗っている磔立《しゃくりつ》の矛《ほこ》で、その矛が旋回するたびに、数人が飛ばされた。公孫龍の長柄《ながえ》の刀も神秘的な勁《つよ》さを発揮した。馬車に近づく者がことごとく倒れるという光景をみた賊は、遠まきにしているだけで、突進する者はいなくなった。

「相手はたったの八人だぞ。いっせいに撃て」

李巧の叱呵《しっか》は、しかし賊を動かさなかった。それどころか、急にその包囲が崩れた。

「うしろから騎兵がくる」

この声が賊につたわり、かれらは散って林のなかに姿を消した。舌打ちをした李巧も馬首をめぐらせ、狛をうながして林間にはいった。

「公孫龍を一矢《いっし》で殪すと豪語していたのは、たれであったか」

と、李巧は腹立ちまぎれに狛をなじった。が、馬上の狛はいいわけをせず、

「われの矢をかわしたのは、かれだけだ。天がかれを庇《かば》ったのだろう。かれを殺そうとするのは、やめておけ。なんじが死ぬことになる」

と、冷ややかに忠告した。

このときよりすこしまえに、五百騎という集団が林道にはいった。先頭を疾走してきた隊長が、公孫龍らの安全を目でたしかめると、馬車に馬を寄せて、

「商人の車が賊に襲われていると通行人が騒いでいたので、駆けつけたが、ぶじでなによりだ。臨淄までゆくのであれば、護衛をつけてやりたいが、急ぐので、それができぬ。とにかく、日が沈まぬうちに、目的地にはいれ」

と、強い声でいい、手を高々と挙《あ》げた。後続の騎兵に、止まるな、と合図したのである。

隊長の真後《まうし》ろにいる若い騎士をいぶかしげに観《み》ていた嘉玄が、あえて馬を近づけて、

「もしや、子瑞《しずい》さまでは――」

と、声を低めて問うた。騎士はその声に反応し、馬を駐《と》めたまま、嘉玄を睹《み》た。

「嘉玄か」

「おお、やはり子瑞さま」

このおどろきの声をきいた洋真が、すぐに駆け寄り、御をしていた巴朗は手綱を落としそうになった。

「やっ、そなたは洋真、あれにいるのは、巴朗か」

この声は、公孫龍の耳にとどいた。棠克が捜しに捜していた召公祥の子が、ここに

いた。

嘉玄、洋真、巴朗の顔を確認した子瑞は、はっと気づき、

「すると、あのかたが——」

と、いい、いそがしげに馬を公孫龍の馬車に寄せて、すばやく敬礼した。

「くわしい事情は、あとでお話しします。帰途、薛《せつ》にお立ち寄りください。孟嘗君が迫害されそうになっています。臨淄に急行して、お護《まも》りしなければなりません。それでは——」

馬首をめぐらせた子瑞は、隊長に追いつく勢いで馬を走らせて、去った。

虚《きょ》を衝《つ》かれたかたちの公孫龍は、はじめて観た子瑞に、適切なことばをかけられなかった。周《しゅう》都を脱出した子瑞が、どこをどのように巡って、孟嘗君に仕えるようになったのか、見当もつかない。召公家の旧臣である嘉玄、洋真、巴朗の三人も、当惑の色をかくせない。

「おどろいたな」

そういいながら、公孫龍は馬車をおりた。わからないことが多すぎるが、脳裡《のうり》で整理できることは、ここできちんとしておきたい。騎馬の四人も下馬して、道端の草の上に腰をおろした。御者の童凜と巴朗は馬を繫《つな》いでから、この円座《えんざ》に加わった。

まず、公孫龍は、

「賊を駆使《くし》してわれらを襲った首領らしき男をみたが、それがたれであるか、わかる者はいるか」

と、七人に問うた。

「みたこともない顔です」

すぐに嘉玄が答えた。たれも知らないということである。小さくうなずいた公孫龍は、

「われは、みかけたことがある」

と、記憶をさぐりながら、いった。

「えっ、どこで――」

「中山《ちゅうざん》攻めの本陣が、中山兵に急襲されるまえに、主父《しゅほ》は小宴を催した。そこに招かれたわれは、主父の側近の顔をみた。あの顔は、主父の側近のひとりだ。ただし、氏名はわからない」

「主父の側近のなかで投獄されていた者は、すべて釈放されました。逮捕されればかならず極刑に処せられる者は、石笮《せきさく》のほかに二、三名いるとききました。賊の首領は、それらのひとりではありますまいか」

嘉玄のいう通りであるかもしれないが、それならそれで、解《げ》せぬことが増える。

「賊の狙いは、われを殺すことのほかに、荷を奪うことであったようだ。この荷のなかみが黄金であることを知っていた、とおもわれてならない。われが斉へ往くことは極秘ではないが、いつ出発して、どの道を通るのか、ということを知っている者はすくない。賊の人数を算《かぞ》えたか。八十人はいた。あれほどの多数を集めるとなれば、一両日では足りまい。賊の首領は、すべてを知って、先まわりをしていた」

「すべてを知っていたのは、府尹だけです。府尹は賊に通じている、というより、府尹こそが賊をあやつっている首魁《しゅかい》ではありますまいか」

と、洋真がするどくいった。

「それが……、そうともおもわれぬのだ」

「どういうことですか」

「府尹はわれに、こころして往け、といった。われを殺そうとたくらんでいる者が、注意をおこたるな、などというであろうか」

「主をあざむくために、あえてそういったのではありませんか」

「そうかな……」

たしかに府尹は肚《はら》のなかがわからぬ人ではある。しかし趙が塩不足のために斉から塩を買い入れ、そのために公孫龍に黄金を運ばせる、と決めて大臣の許可を得たのが府尹であるかぎり、途中で黄金が消えれば、責めを負うのは公孫龍だけではなく、府尹も、である。たとえどのような処罰をうけても、黄金さえ手にはいればよい、というのは、綱渡り以上に危険な生計《せいけい》である。

「さて、嘉玄、洋真、巴朗にいっておくことがある。そなたたちは召公に仕えていた。召公の遺子《いし》である子瑞どのが生きているとわかったかぎり、子瑞どのを奉戴《ほうたい》して召公の仇《あだ》を討ち、召公家を再興するために、われのもとから離れることにためらうことはない。棠克はかならずそうするであろう。われは召公の恩義を忘れてはいないが、子瑞どのの仇討ちを手伝うことはせぬ。そこのところは、推察してもらうしかない」

召公を殺すように命じたのが、自分の父、すなわち周王であるかもしれない、とは、とてもいえない。

「子瑞どのの存念は、帰路、薛に立ち寄ればわかる」

薛は孟嘗君の領国であり、その位置は臨淄のはるか南で、旧《もと》は徐州《じょしゅう》とよばれていた地である。

「では、日が沈むまえに、臨淄にはいろう。臨淄では政変が起こっているようだ」

公孫龍は七人を起たせ、自身も馬車に乗った。林道をあとにして、一時《いっとき》ほどすすむと、急速に南下してくる騎兵集団がみえた。それに気づいた通行人はあわてて避けるように道端へ趨《はし》った。公孫龍も馬車を片寄《かたよ》せた。

騎兵は三百ほどで、二、三乗の馬車を護衛しているようである。その集団が目のまえを通過したとき、巴朗が、

「あっ、あれは、孟嘗君では——」

と、するどく叫んだ。巴朗の指はまえから二番目の馬車をさしていたが、馬車の左右を衛《まも》る騎兵がひとりやふたりではないので、公孫龍の目は車中の人を確実にはとらえられなかった。

——あの小柄《こがら》な人が孟嘗君であったのか。

通行人をふくめてたれも孟嘗君に会ったことがないとあっては、ここではたしかめようがない。

正体がわからない騎兵集団が通過したあと、道にもどって半時《はんとき》ほどすすむと、交鋒《こうほう》の音がきこえた。先頭の洋真がようすをみてから、馳《は》せかえってきた。

「子瑞さまがいるあの騎兵隊が、斉兵と戦っています」

「そうか、やはり、さきほどみた馬車に孟嘗君がいたのだ。孟嘗君を追撃する斉兵をさまたげるために戦っているのが、薛の兵ということになる。さて、われらはどうす

べきかな。子瑞どのを助けにゆくか」

「それは、ちょっと」

洋真はわずかに顔をゆがめた。斉兵は、千数百はいるとみえた。この八人が戦場に飛び込んで、無傷《むしょう》で切りぬけられるとはおもわれない。黄金を失い、公孫龍が死傷《ししょう》しては、召公家の旧臣であるというにおいを消したつもりの洋真としては、喪失《そうしつ》するものが大きすぎる。

突然、笑声《しょうせい》を放った公孫龍は、

「では、両者の戦いぶりを見物させてもらおう」

と、磊落《らいらく》さをみせ、ゆるやかに馬車を前進させた。

道幅が尋常ではない広さになった。

臨淄という東方最大の都邑《とゆう》は、すでに（春秋時代に）、六軌《りくき》の道、とよばれる広い道路をもっていた。軌は、わだちであり車輪と車輪のあいだをいうが、要するに、六乗の馬車が並走できる広さの道が、六軌の道である。むろんそれは軍用道路であり、緊急の出撃に適した道路をつくったということである。だが、各国の戦法は、兵車戦から歩騎《ほき》（歩兵と騎兵）戦へ移り、兵車を多用する国はほとんどなくなった。

「もっとまえに、いや、まだまだ――」

と、公孫龍にいわれた巴朗は、直前に薛の騎兵をみて、

「これ以上すすむと、戦闘にまきこまれます」

と、あやぶんだ。

「はは、心配は無用」

すでに勝負は決した、と公孫龍は観た。斉兵の旗は引き色であり、臨淄のほうへ押しもどされてゆく。薛の五百の騎兵は、臨淄からでた追撃の兵をここで拒止《きょし》した。

——ということは……。

斉王と孟嘗君は、乖異《かいい》したのか。現状をみれば、そうとしかおもわれない。

あとでわかったことであるが、斉王朝の内で、

「田甲事件《でんこう》」

と、よばれる怪騒動があった。田甲という臣が湣王を強諫《きょうかん》し、ついに手ごめにしたのである。この事件の裏には、遠因と近因がひそんでいる。遠因といえば、孟嘗君の名が斉王より高くなった事実がある。孟嘗君の斉、といわれていることが湣王にとっておもしろくなかった。こういうときに西方の秦《しん》から呂礼《りょれい》が亡命してきた。呂礼は秦にあって五《ご》大夫《たいふ》の爵《しゃく》をもち、将軍の位をなげうって、斉まできた。湣王は呂礼を重用《ちょうよう》して孟嘗君を遠ざけた。これが近因であろう。田甲の心理のこまかなところまではわ

からないが、もしかすると呂礼は秦王のまわし者であり、斉と秦をつなぐ密命を帯びているのではないか、と疑ったのではないか。孟嘗君が宰相《さいしょう》の席から去り、その席に呂礼が坐《すわ》ることになれば、せっかく盛栄《せいえい》を保ってきた斉が、国歩《こくほ》をあやまることになる。田甲はそれを恐れ、湣王を諫《いさ》めたが、聴かれなかったので、つい嚇《かっ》となって手荒なことにおよんだのであろう。

騒動が大きくなったのは、

「田甲を使嗾《しそう》したのが孟嘗君である」

という声が王朝の内外で大きくなったためである。その声に馮《の》せられた湣王は、とうとう王朝の中枢《ちゅうすう》にいた孟嘗君を逐斥《ちくせき》した。

旅途《りょと》にあった公孫龍はその一端をかいまみたわけである。

孟嘗君を迫害する手を遏《とど》めたかたちの薛の騎兵隊は、退却する斉の兵をしつこく追うことなく、颯《さっ》とまとまるとすばやく引き揚げた。

それを見送った公孫龍は、警戒厳重な南門を避けて臨淄にはいり、暗くなるまえに秋円家《しゅうえんけ》をみつけた。

ふたつの井戸

臨淄《りんし》のなかで屈指《くっし》の豪商といわれる秋円《しゅうえん》に対面した公孫龍《こうそんりょう》は、

——この人が、ほんとうに……。

と、疑いたくなるほど、その目容《もくよう》と物腰《ものごし》に圭角《けいかく》がなかった。隣近所にいる温和な老人といった居ずまいに、

——人はなかなかここまで到達できない。

と、公孫龍は肚《はら》の底から感嘆した。

秋円は初対面の公孫龍が口をひらくまえに、

「公孫さん、すでに趙《ちょう》の府尹《ふいん》さまから書翰《しょかん》をちょうだいし、委細《いさい》は承知しております。念のため、符《ふ》を拝見できますかな」

と、やわらかな口調でいった。うなずいた公孫龍は懐《ふところ》から割り符をとりだして、秋円の膝《ひざ》もとにすすめた。おもむろに自身の符とそれを合わせた秋円は、たしかに、といったあと目を上げて、

「お運びくださった黄金は、金貨でしょうから、数えさせてもらいます」

と、いい、ふりかえった。うしろにひかえていた者が起《た》つと、すぐに数人が算用《さんよう》のためにあらわれた。金貨を数える作業は半時で終了し、報告をうけた秋円は、

「一枚も欠けておりませんでしたよ」

と、目で笑い、受け取りを記《しる》した尺牘《せきとく》とともに書翰を公孫龍に手渡した。

「邯鄲《かんたん》までの塩の運送は、当方がおこないます。書翰にはその予定を書いておきましたので、府尹さまにお届けください」

「かならず――」

公孫龍は肩の荷をおろした気分になった。その表情をみた秋円は、目を細め、

「新しい府尹さまはなかなか賢い。公孫さんの従者は七人だけでしょう。少数での運搬はめだたなくてよい。数年まえに多数で黄金を運んだため、盗賊に襲われ、すくなからぬ死傷者がでたのです」

と、おしえた。公孫龍は苦笑して頭を搔《か》いた。

「いや、それが……、われらも賊に襲われたのです」

「おや、おや、災難でしたな。たった八人で切り抜けたのでしょう。しかもたれも死傷しなかった。賊の人数は、十数人でしたか」

公孫龍は哄笑《こうしょう》した。

「賊の人数は百人未満、といったら、信じてもらえますか」

軽いおどろきをみせた秋円は、そのおどろきを打ち消すように、鼻哂《びしん》した。

「たれも信じませんな。しかしながら、戦い終えた者は、敵兵の数を誇大にいうのが常ですから、あなたの自慢をゆるしましょう」

「それはありがたい。ただしこの自慢には翳《かげ》りがあります。薛《せつ》の騎兵が通りかかってくれたため、賊は逃散《とうさん》したのです」

「やっ、そういえば、孟嘗君《もうしょうくん》が臨淄を退去なさいましたな。向後《こうご》、斉は魏《ぎ》、韓《かん》との友誼《ぎ》を断ち、秦《しん》、趙と結ぶことになりましょうが、なまぐさい話はやめましょう。臨淄に着かれたばかりで、お疲れでしょうが、少々おつきあいを願います」

秋円は公孫龍らが到着した時点で、酒楼《しゅろう》に宴席を設けるように、家人に指示したらしい。

臨淄には、荘《そう》と嶽《がく》という二大繁華街があり、荘と嶽のあいだに人口が密集している。湣《びん》王よりまえの宣《せん》王の時代に、蘇秦《そしん》という従横《じゅうおう》家が斉に遊説《ゆうぜい》にきた。そのときかれは宣王にむかって、

「臨淄の中《うち》に七万戸《こ》あり」

と、述べた。戸が家であるとすれば、そのなかに両親と三人の子がいると想像した

い。すると七万戸とは、三十五万という人口を表している。実際はもっと多いはずで、蘇秦は、

「臨淄の外で徴兵しなくても、中だけで、すでに二十一万の兵がいることになります」

と、いった。かりに臨淄の人口が五十万であったとすれば、諸国の首都でそれほどの人口はみあたらない。いや中国だけではなく世界の国で、紀元前三百年前後に、五十万都市がどれほどあっただろうか。

むろん公孫龍と従者は、臨淄にはいって、いきなり人の多さにおどろかされた。日没後の道路を往来する人の数はさすがにすくなくなったが、秋円家の家人が馬車の左右にならび、炬火《きょか》をかかげてすすむ人数が五、六十もいたので、

——秋円の富力《ふりょく》は、桁《けた》がちがう。

と、車中の公孫龍は大いに驚嘆した。同時に、心の深いところに憂鬱《ゆううつ》の翳がさした。秋円という豪商ひとりを観《み》ただけで、

——斉の国力は、桁がちがう。

と、わかったからである。斉にくらべると燕《えん》は鄙野《ひや》の国というしかない。その貧弱な国力で斉に立ち向かうのは無謀そのものであろう。いまの燕王が生きているあいだ

に斉に勝つのは至難である、というより不可能ではないか。ただし燕王にとって希望がないことはない。それは孟嘗君が斉の宰相《さいしょう》の席から去ったということである。

公孫龍は秋円にいざなわれて酒楼に登った。秋円の従者が十人、公孫龍の従者が七人、かれらもふたりにつづいた。

酒楼にはほかの客がいない。いないはずである。秋円が酒楼をまるごと借り切っていた。饗膳《きょうぜん》がでてくるのは早かった。すぐに管絃《かんげん》が鳴ったが、客の話し合いをさまたげない音量で、雅趣《がしゅ》があった。やがて酒がでると、ふたりの舞姫《ぶき》が舞台にあがり、ゆるやかに舞いはじめた。

「あのふたりは古代の王の女《むすめ》をなぞっております」

と、秋円は公孫龍におしえて、目を細めた。ふたりは秋円に愛顧《あいこ》されているのであろう。王宮でおこなわれた舞を憶《おも》いだした公孫龍は、

「ふたりは帝舜《しゅん》に嫁《とつ》いだ帝堯《ぎょう》の女、という趣向でしょうか」

と、いってみた。王宮での舞にくらべるとふたりの舞には俗韻《ぞくいん》がある。とはいえ、動きの速い舞よりも、緩々《かんかん》としたそれのほうがむずかしく、ふたりが山川《さんせん》を悦遊《こうゆう》するさまは技量を超《こ》えて美しかった。

「ほう、公孫さんはお若いのに、歌舞に通じておられる。ここにおつれしたかいがあ

ったわい」

舞をおさめたふたりが舞台をおりると、秋円はふたりを拍手で送り、すぐに窓辺に寄って、

「さあ、かたがた、階下をみていただこう」

と、声を張っていい、室内にいたすべての者が窓から下をみたところで、手にもっていた小さな華燭《かしょく》を落下させた。火が路上で散った。直後に、道路は燦々《さんさん》と輝き、多数の炬火に照らされて、百人ほどの舞子《ぶし》が浮き上がった。群舞のはじまりである。その速い舞は、上から観る者を楽しませるように構成されていて、まさに壮観であった。

公孫龍のとなりに立った嘉玄《かげん》が、

「下は公道でしょう」

と、おどろきをこめていった。夜になって人通りがめっきり減ったとはいえ、私有ではない道を舞台に変えて群舞をおこなわせた秋円の大胆さは、どうであろう。が、公孫龍は、これは唐突な趣向ではなく、あらかじめ道路の使用許可をとって秋円が準備させたことで、豪商の驕《おご》りをみせつけているものではない、とおもった。

いつのまにか見物人が増えて、舞子に喝采《かっさい》をおくった。舞が終わるころには、見物人の数は五百以上になった。それを眺めた公孫龍は、秋円が酒楼の庭で群舞をやらせ

なかった理由を理解した。

燦列《さんれつ》していた火がいっせいに消えると、舞子は暗さのなかに沈んだ。すかさず公孫龍は、

「やあ、みごとなものでした」

と、あえて大仰《おおぎょう》に讃辞《さんじ》を放った。

公孫龍が感心したのはそれだけではない。酒楼にいるあいだ、秋円は政治むきの話をいっさいしなかった。秋円ほどの豪商であれば、斉の大臣や有司《ゆうし》とのつきあいは長く、また親密であるにちがいないのに、それについて曖気《おくび》にもださなかった。

――自分は商賈《しょうこ》としてそこまでゆけるかな。

いや、ゆけないであろう。体内にある血気《けっき》が秋円ほどのしずまりをみせることはない。

酒楼をでて宿舎に案内される途中で、公孫龍は自身の落ち着きのなさを自嘲《じちょう》した。

――われは私利《しり》に徹することができない。

商賈としては失格であろう。王子稜《りょう》が公孫龍になった時点で、すべてを失い、またすべてを棄《す》てた。いちどはいのちへのこだわりもなくなった。まして富にこだわることはない。与えられたいのちの使い道は天が定めてくれる、というおもいが変わるこ

とはない。

宿舎にはいると、すぐに嘉玄、洋真《ようしん》、巴朗《はろう》の三人が公孫龍の室《へや》にきて、

「主は薛へゆかれるのですか」

と、いくぶんけわしい口調で問うた。

「そのつもりだが……」

「薛までの道は、かならず泰《たい》山の近くを通ります。そのあたりは賊が埋伏《まいふく》しやすく、かならずかれらが襲ってきます。薛へはわれら三人が行って子瑞《しずい》さまにお目にかかりますので、どうか主はまっすぐ邯鄲へお帰りください」

と、嘉玄が切々といった。

「わかった、といいたいところだが、子瑞どのはわれに会って話をしたいようにみえた。それに応《こた》えたい。すでにわれらの車には黄金がないので、賊の襲撃はないとおもうが、われのいのちを狙《ねら》っている者が二、三人はいよう。あの勁矢《けいし》は非凡な射手《しゃしゅ》が放ったものだ。あえて推量すれば、主父《しゅほ》の下にいた者ではないかな。その矢を避けるために、われは馬車をやめて、馬に騎《の》る。馬車は一乗だけにする」

公孫龍は渋面《じゅうめん》の三人を説得した。

翌朝、馬車をみた公孫龍は、

「やあ、これは——」

と、小さく歓声を挙《あ》げた。裂けた車蓋《しゃがい》のかわりに黒漆《うるし》が塗られた蓋《かさ》が樹《た》てられていた。漆の色が黒であったのは、趙の色を秋円が知っていて尊重してくれたのであろう。その馬車に巴朗と碏立《しゃくりつ》を乗せた公孫龍は、童凛《どうりん》に命じてほかの馬車の轅《ながえ》から二頭の馬を離し、

「車は不要になりましたので、置いてゆきます」

と、秋円の家人にいい、馬に乗った。

馬上の者たちはほぼ同じ服装で、しかも笠《かさ》をかぶっている。この六人のなかで公孫龍を遠くから指し示すのはむずかしいであろう。

臨淄をでて南下の旅をはじめたこの小集団が、日をかさねて、泰山の近くを通過しても、賊の襲撃に遭《あ》わず、一矢《いっし》も飛んでこなかった。

魯《ろ》国の首都である曲阜《きょくふ》に到着した。ここから薛まではおよそ二百里である。あと三日で薛には着ける。旅舎《りょしゃ》にはいって落ち着いたとき、童凛が、

「賊は、主が薛に立ち寄ることを知らず、別の道で待ち伏せたのではありませんか」

と、いった。公孫龍は笑った。

「臨淄の門で見張っていれば、わかることだ」

「秋円という人は、こまやかな配慮をしてくれたとおもうのです。車蓋を新調《しんちょう》してくれたのもそのひとつですが、酒楼から宿舎へ移ったのは夜ですし、酒楼からでたのは裏口からです。また宿舎は北門から遠くなく、われらは北門を通って臨淄の外へでました。賊の見張りはわれらを見失ったのではありますまいか」

「ほう、考えたな」

西、または南へゆく者が北門を通ることはほとんどない。が、絶対にないと断言できないかぎり、安心は禁物《きんもつ》である。

「人の執念《しゅうねん》を甘く観てはいけない。われが主父の側近に怨《うら》まれるわけに心あたりはないが、むこうにはそれなりに正当な深旨《しんし》があるのだろう」

翌朝、曲阜をでた公孫龍が遠くに峰《ほう》山が青くみえるところまでくると、先頭の嘉玄と洋真が急に馬を駐《と》めた。公孫龍はいぶかしげに嘉玄の馬に馬首をならべた。

「怪しい人物がいます」

嘉玄は前途をゆびさした。見通しのよい道の傍《かたわ》らにさほど喬《たか》くない松の樹《き》があり、その陰《かげ》に大弓を立てた男がこちらを眺めている。あたりに身をひそめるような草木《そうもく》の叢集《そうしゅう》はなく、どこにも人馬の影はない。

「われを射たのは、あの者だろう」

そういった公孫龍は、従者をとどめ、独《ひと》り馬をすすめてから下馬した。笠をとって男に近づいた公孫龍は、

「もうわたしを狙うのはやめたのですか」

と、声をかけた。

「おう、そなたが公孫龍か。われの矢をかわしたのはそなただけなので、どのような容貌《ようぼう》をしているのか視《み》たくなって、待っていた。これで、われは楼煩《ろうはん》へ帰る」

「ああ、あなたは主父の下にいたのでしょう。しかし、なぜ、わたしはあなたの矢を受けなければならなかったのでしょうか」

狛《はく》はふくみ笑いをした。

「友人にたのまれたからだ」

「その友人とは——」

「李巧《りこう》という、李疵《りし》の子だ」

公孫龍は首をひねった。

「その者は、沙丘《さきゅう》の宮殿の牆《しょう》を越えようとして討ち取られたのではありませんか」

「あれは、李巧の弟の李元《りげん》よ。李巧はそなたを殺すように主父から命じられ、主父が亡《な》くなってもその命令は生きているとほざいていた。われはその真剣さに打たれて手

を貸したが、よく考えてみると、あやつはそなたが斉へ運ぶ黄金が欲しかっただけだ。いろいろな者を欺《あざむ》いて、事をおこなったが、みごとに失敗した。これでは銭をだした者のもとにはもどれぬので、父親が徙《うつ》された九原《きゅうげん》へゆくしかあるまい」

「なるほど、そういうことでしたか。それで、李巧へ銭をだした者を、ご存じですか」

その者が元凶であれば、名を知りたい。

「知ってはいるが、われもちょっと世話になったので、いわぬが礼だ。とにかくそなたと配下の勁鋭《けいえい》ぶりはみごとだった。商人にしておくのは惜しい」

「あなたこそ、楼煩に埋もれさせるのは惜しい。どうです、わたしの客となり、天下の正義のためにその弓矢をお使いになりませんか」

狛は首を横にふった。

「主父を殺した趙王のため、ということだろう、ごめんだな」

「あなたの心情はわかります。わたしは趙の商賈ではありますが、燕でも王室への出入りがゆるされています。あっ、いま燕の亜卿《あけい》は主父と敵対した楽毅《がっき》ですから、あなたの気にいらぬかもしれない」

「ほう、楽毅か……」

すこし狛は考えた。楽毅への嫌悪感《けんおかん》はないようであった。それどころか、楽毅に関心があるらしく、

「あれは、まれにみる良将よ」

と、おもいがけなく称《ほ》めた。おそらく中山《ちゅうざん》において楼煩の隊は、楽毅の麾下《きか》にある兵と戦い、楽毅の用兵の非凡さを狛は実感したのであろう。

「燕王は玉杓《ぎょくしゃく》をにぎったことになるが、それをつかって旨酒《ししゅ》を呑《の》めるかな。つかわなければ、宝の持ち腐《ぐさ》れとなる。では――」

狛は弓をかついで歩きはじめた。あわてて狛を追った公孫龍は、

「馬をおつかいください」

と、大声でいった。狛は足を止めた。

「それはありがたい。われの馬は倒れてしまった」

公孫龍が曳《ひ》いてきた馬に素直に乗った狛は、かろやかに走り去った。その馬影が消えるまで佇《たたず》んでいた公孫龍は、おもむろに馬車に乗り、

「あの人が李巧を説《と》き伏せ、襲撃をやめさせたのだろう。ここからさきに危険がないことをおしえるために待っていてくれた。それなのに、肝心な名をきくことを忘れた。ぬかったことよ」

と、一笑し、巴朗の肩をたたいた。

三日後に、この小集団は薛に到着した。しかしながらこの邑《まち》の城門は南しか開いていなかった。大きく迂回《うかい》することになったので、手綱《たづな》を執《と》っている巴朗は、ときどき城壁をながめて、

「斉王と孟嘗君が戦うことになるのでしょうか」

と、不安げにいった。

「さて、どうかな」

孟嘗君は斉の孟嘗君であるというよりも天下の孟嘗君である。もしも斉王が薛を攻めると、天下を相手に戦うことになる。斉王と孟嘗君のあいだに修復しがたい隙《げき》が生じたとはいえ、斉王が薛に軍旅《ぐんりょ》をむけるという愚《ぐ》をおかすであろうか。

ようやく公孫龍と従者は南門を通って邑内にはいった。薛は邑にはちがいないが、邑そのままが国であるので、国主である孟嘗君は諸侯のひとりとして、

「薛公」

とも呼ばれる。

「さて、子瑞どのは、どこにいるか」

子瑞は騎兵隊に属していたようなので、軍隊の駐屯地は邑外にあるのが常である。

しかも行政府は軍籍を管理しているはずがないので、子瑞の所在をつかむのはかなりむずかしい。それを承知で公孫龍は、嘉玄と洋真のふたりに、

「むだ足になるかもしれないが、国衙《こくが》へ行って、子瑞どのの消息をたしかめてくれ」

と、いいつけた。

馬を走らせたふたりは、おもいがけない早さでもどってきた。その表情を視た公孫龍は、

――吉報をたずさえてきた顔ではない。

と、速断した。

「孟嘗君はすでにここを出て、魏へむかったそうです。騎兵隊が随従《ずいじゅう》したそうですから、子瑞さまも魏へゆかれたでしょう」

ふたりの報告に、公孫龍は啞然《あぜん》とした。斉王と戈矛《かぼう》を交えたくない孟嘗君のすばやい配慮がそれであろう。主《あるじ》のいない薛を攻めれば、斉王は物笑いの種になる。

みつけた宿にはいった公孫龍と従者は、さっそく円座《えんざ》になって、向後の順行《じゅんこう》について語り合った。

嘉玄、洋真、巴朗の三人は、公孫龍にむかって、

「われらは召公の臣下でしたので、子瑞さまを追って魏へゆき、お話をうかがわねば

なりません。どうか主はここからまっすぐ邯鄲へお還《かえ》りください」

と、強い口調でいった。邯鄲に帰着して府尹に報告をおこなうことは公事《こうじ》であり、子瑞にかかわることは私事である。公孫龍の立場としては、私事を優先することはさしひかえるべきであろう。臨淄から薛へまわるという帰路の選択も、公事をなかば逸《いつ》脱《だつ》している。

「よし、わかった。子瑞どのの存念もしっかりきいてくれ」

その存念のなかに仇討《あだう》ちがあるのか、というところが公孫龍の関心事である。

ところで薛から魏の首都である大梁《たいりょう》へゆくには、

「船をつかう手があります」

と、嘉玄がいった。薛の南に泗《し》水《すい》がながれていて、その泗水は西の菏《か》水《すい》とつながっている。その菏水も、さらに西の済水《せいすい》とつながっているので、済水を西行《せいこう》すれば大梁の北にでられる。

「そうか、道順はなんじらにまかせる。魏までは水路、陸路ともに平坦《へいたん》なので、馬車をつかってくれ。われは大野《だいや》沢《たく》の北を通って、なるべくまっすぐに邯鄲へむかう」

大野沢は東方で最大の湖であるが、おもに中原《ちゅうげん》から北では湖といわず、沢という。

「大野沢のあたりには盗賊が多いとききます。どうかお気をつけて――」

と、三人が口をそろえていった。

「はは、荷を運ぶわけでもない騎馬を襲う賊はいないだろう。馬車に残っている銭は、なんじらがぞんぶんにつかってかまわない」

翌朝、三人を見送った公孫龍は、馬首を西北にむけた。

五日後に、大野沢の北をぶじに通り、范《はん》という邑にはいった。そこから北上するうちに皮袋のなかの水がなくなった。

「聚落《しゅうらく》がみえます。井戸の水を乞《こ》いましょう」

先駆した童凜がみつけた農家は、籬《まがき》を繞《めぐ》らせた大家で、いかにも豪農をおもわせるたたずまいである。竹扉《ちくひ》はひらいていた。なかにはいった公孫龍は、

「どなたか、いませんか」

と、呼んでみた。すると箒《ほうき》をもった青年があらわれた。公孫龍はおもむろに低頭して、

「邯鄲へむかって旅をする者です。水を切らしてしまったので、井戸の水をいただけないでしょうか」

と、いった。青年は公孫龍の身なりを観察し、

「しばらくお待ちください」

と、いったあとに母家《おもや》に消えた。ほどなく母家からあらわれた年配の男が、家主《かしゅ》であろう。かれは公孫龍を一瞥《いちべつ》するや、

「水をご所望《しょもう》ときいた。どうぞ、こちらへ——。あっ、お従《とも》のかたたちも遠慮することはない」

と、公孫龍の従者にも気さくに声をかけ、井戸までいざなった。全員の皮袋が水でふくらんだ。公孫龍が銭をさしだすと、主人は笑いながら、要《い》らぬ、要らぬ、と手をふった。礼をいった公孫龍は、立ち去ろうとして母家をみたとき、その近くにも井戸があることに気づいた。どうやらその井戸には護符《ごふ》のようなものが貼《は》られているようである。

運命の明暗

「あっ、水祇《すいき》を祀《まつ》っておられるのか」

そういった公孫龍《こうそんりょう》は、母家《おもや》に近い井戸に近づくと、もちあわせの金貨を白布《はくふ》の上に載《の》せて供《そな》えてから、ぬかずいた。

ちなみに水祇は水神《すいじん》といいかえることができる。

そのようすを黙って観《み》ていた家主《かしゅ》は、祈りを終えて起《た》った公孫龍に、

「よくぞ祈ってくださった」

と、しみじみといい、その井戸をつかわなくなったわけを語《つ》げた。

「昔、幾人かの兵に乱暴された女が、向後《こうご》をはかなんで、その井戸に身を投げて死んだのですよ」

「そうでしたか……」
二、三歩、井戸から離れたところで、公孫龍は、はっと憶《おも》いだした。
「その投身自殺があったのは、何年まえですか」

「そうですな、十八、九年まえ。いや、もっとまえかな」

「もしや、亡《な》くなった女は、燕《えん》の旭放《きょくほう》の妻といっていませんでしたか」

公孫龍がそういうと、家主の表情がわずかに動いた。だが、かれは口調を変えず、

「さあて、身元《みもと》まではわからない。ただし、母子で奴隷《どれい》とされ、子と離されたので半狂乱になっていました」

と、いった。家主の記憶は歳月にさらされて風化しているようである。

——ここで死んだのが旭放の妻であれば……。

公孫龍の胸裡《きょうり》が翳《かげ》った。妻子の帰りを待ちつづけている旭放に、とても語げられない話である。ふりかえった公孫龍は井戸にむかって一礼すると、従者をうながして門外にでた。馬上で松籟《しょうらい》を聴いた。せつない音であった。

公孫龍のうしろ姿が、ちょっとした松並木に消えるのをみとどけた家主は、体内にためていた息を大きく吐き、竹扉《ちくひ》を閉じた。それからゆるやかに首をふりながら、母家にむかった。その母家から妻がおびえたように趨《はし》りだしてきた。家主は目で妻のおびえをしずめるように、うなずいてみせた。

「いまごろになって、旭放の名をきくとは、おもわなかった。そなたは死んだことになっている。あの旅人は賢そうだが、われの話を疑うまい。そなたが井戸に身を投げたのは、ほんとうなのだから」

と、家主はやさしさで妻をくるむようにいった。

妻はわずかに涙ぐんだ。旭放は前夫の氏名である。燕における戦乱のさなかに、子とともに斉《せい》兵にさらわれたあと、多くの兵に身をけがされ、さらに子と引き離されたため、衝動的に自殺しようとした。が、死ななかった。井戸の底から半死半生で引き揚げられ、介抱《かいほう》されて、三日後に意識がもどった。家主は秘密裡《ひみつり》に女を蘇生《そせい》させ、手伝った家人には厳重に口どめをしただけではなく、井戸に身を投げた女は死んだと鄙《むら》人《びと》に語げさせた。

その後、凄惨《せいさん》な事情を知った家主は、女とともにひそかに臨淄《りんし》のほうにむかって旅をした。わが子をみつけて、とりもどしたい、と女に懇願《こんがん》されたからである。数年まえに妻を病《やまい》で喪《うしな》っていた家主は、独身の身軽さということもあって、女と旅をつづけ、その子を捜した。が、どれほど捜してもその子をみつけることができず、女とともに帰宅した。その際、嫁をみつけてきた、といいふらした。旭放のもとには帰らないといった女を妻とした。やがて女は男子を産み、ようやく心の安定をとりもどした。

ところが、今日、前夫の名をきいて妻は動揺した。癒《い》えたはずの心の傷が疼《うず》いたといってよい。家主は妻の背を撫《な》でながら、

「旭放さんは、継妻《けいさい》を迎えているだろう。知らぬとつらいことがあるが、知ると苦し

むこともある。昔の艱難《かんなん》は、投身した女とともに井戸の底に沈んだのだ。あの井戸の蓋《ふた》をあけて、どうしてその幽《くら》い水を汲《く》みあげる必要があろうか」

と、いった。妻はうなだれたまま、夫の衣服をさぐり、袖《そで》を強くつかんだ。その指はしばらくふるえていた。そのふるえのなかに、生き別れになった子の面影が浮沈した。

この日から六日後に、公孫龍は邯鄲《かんたん》に帰着した。

まっすぐに府尹《ふいん》のもとへ往《ゆ》き、みじかく報告をおこなうとともに、秋円《しゅうえん》からの書翰《しょかん》と金貨の受け取りを記《しる》した尺牘《せきとく》をさしだし、割り符を返納した。府尹はわずかに公孫龍をねぎらったあと、

「盗賊に襲われることはなかったか」

と、問うた。

「賊には、襲われました。その首領が李巧《りこう》でした」

「ほう、李巧が、斉にあらわれたのか」

「さようです」

そう答えながら、一瞬、不審《ふしん》をおぼえた。賊に襲われた場所がどこであるのか告げていないのに、府尹がそれはどこかとも訊《き》かずに、斉、といったからである。

——わからない人だ。

悪人であるとはおもわれないが、かといって善人であるともいえない。とにかく、つきあっていて気持ちのよい人ではないことはたしかである。ただし、よけいな雑談に相手を誘わないところが美点であるといえよう。

早々に府尹のもとから退出した公孫龍は、晩夏の陽射《ひざ》しを浴びると、両腕をおもいきり拡《ひろ》げた。

——解放された。

という喜びが、満腔《まんこう》に盈《み》ちた。しかし、この喜びは長くはつづかない。子瑞《しずい》のその後がどうなったのか。懸念《けねん》のひとつは、それである。懸念はほかにもある。井戸に投身した女のことである。それが旭放の妻であったか、別人であったか、ということはさておいて、かつて燕を踏《ふ》み躙《にじ》った斉兵が引き揚げた際に、すべての兵が臨淄に帰還してから解散したわけではない、とわかった。范《はん》という邑《まち》は臨淄からずいぶん遠い。そのあたりまで拉致《らち》した燕人《えんひと》を連れてきた斉兵が多くいたということは、帰還する斉軍は自国にはいったところで、いくつかの隊に帰郷をゆるしたことになろう。

旭放は妻子を捜しに捜したといっていたが、捜索の範囲を、臨淄を中心とする斉の北部に限定し、南部については念頭においていなかったのではないか。

公孫龍はそう気づいたものの、そのことを旭放に話したほうがよいのか、よくないのか、迷いはじめた。

とにかく馬に乗った公孫龍は、王宮から遠くないところにある東武君《とうぶくん》の邸宅へ行った。

「やあ、やあ、帰ったか」

東武君の声は、人の憂鬱《ゆううつ》を払ってくれるほど明るい。この声のおかげで、胸裡にあった陰翳《いんえい》が淡くなった公孫龍は、斉の土産《みやげ》です、といって、玉盃《ぎょくはい》を献じた。それは秋円から贈られた物であるが、私物に加えるつもりはなかった。

その玉盃を目の位置よりすこし高く揚げた東武君は、

「これは、みごとな物だ。一見、文様《もんよう》にみえる紫のすじは、じつは天に昇ろうとする龍《りゅう》であることがわかる。わが家の宝にしておく」

と、うれしげにいった。

この上機嫌な顔をあとにして、ようやく帰宅した公孫龍は、棠克《とうこく》をみつけるまえに、

「子瑞どのに遇《あ》ったぞ」

と、二、三の家人に大声で告げた。公孫龍の家人には召《しょう》公家の旧臣が多い。かれらがざわめくうちに、棠克が飛んできた。満面に喜びとおどろきがある。

「子瑞どのは斉にいた。しかも孟嘗君《もうしょうくん》の臣下になっていた。いま子瑞どのは孟嘗君に従って魏《ぎ》にいる。嘉玄《かげん》らを魏へ遣《や》ったので、かれらが帰ってくれば、すべてが明らかになる」

すでに涙ぐんでいた棠克は、

「子瑞さまが生きていてくれただけでも、天祐《てんゆう》を感じます」

と、いい、感動をおぼえると同時に奇異《きい》に打たれたようであった。子瑞が斉へ奔《はし》った理由に心あたりがないということであろう。

公孫家で慰労会がおこなわれたこの日、

「なんたることか、公孫龍がぴんぴんして還《かえ》ってきたではないか。大口をたたいた李巧めのだらしのないことよ」

と、芷冗《しじょう》は口ぎたなくわめきちらした。この怒気がしずまるのを待って、家宰《かさい》の遠《えん》有《ゆう》が、

「公孫龍を獄に投げ込む手が、ひとつ残っております」

と、いい、その最後の手をあかした。

府尹にとりいって芷冗家との友好関係を保ってきたのは、すべて遠有の手腕《しゅわん》による。

「よろしいですか、こういうことです」

公孫龍が塩の買い付けのために斉へ往くにあたって、府庫《ふこ》からだされて公孫龍に渡された金貨の数は五千である。ところが府尹はその数を六千と記《しる》したはずなので、公孫龍は一千枚の金貨を横領したことになる。当然、府尹はそれに気づき公孫龍を問責《もんせき》するはずであるが、府尹に報告をおこなった公孫龍が逮捕《たいほ》されたようではないので、芷冗が訴えれば、府尹より上のものが監査をおこない、公孫龍を有罪とするであろう。

「府尹さまは、なぜ、公孫龍を捕らえなかったのか」

「さて、そこがわかりません。公孫龍が一千枚の金貨を補塡《ほてん》するとでもいったので、黙って宥《ゆる》したのかもしれません。補塡されれば、その金貨は、府庫にもどさなくてよいのですから、府尹さまの家に運ばれることになります」

「そりゃ、あくどい」

「ご主人が訴えなければ、この件は、うやむやのまま葬《ほうむ》られ、公孫龍がますますのさばることになります」

「わかった、わかった、われが訴えて、公孫龍を獄にたたきこんでやる」

すぐさま芷冗は訴訟《そしょう》を起こした。

この日から半月後に裁判がおこなわれた。公孫龍は訟庭《しょうてい》にあらわれず、芷冗だけが神妙なおももちで坐《すわ》った。裁くのは、李兌《りたい》であった。

「さきの金貨の運搬に関して、公孫龍に横領の疑いがあるという訴えであったな」

「さようでございます」

芷冗は低頭した。

「府尹から提出された出納《すいとう》の記録をみると、金貨五千がだされている。その五千の金貨が臨淄の秋円に一枚も欠けずに渡ったという証《あかし》もある。ゆえに公孫龍に横領の事実はない」

「そんなはずは——」

芷冗は蒼白《そうはく》になって血走った目をあげた。その目を睨《にら》みつけた李兌は、

「横領どころか、斉へ届けなければならぬ金貨を、奪い取ろうとしたのは、そのほうではないか。よいか芷冗よ、公孫龍が運んだのは、かれの私財ではなく、国の府庫からでた金貨なのだぞ。あまつさえ、そのほうは大罪人である李巧をかくまい、その者を使って公孫龍を襲った。重罪の上に重罪を載せたようなもので、死刑に処さねばならぬ」

と、厳烈《げんれつ》にいった。

芷冗は呆然自失《ぼうぜんじしつ》となった。李兌だけではなく、すべてのものが揺れているように感じられ、色を失った。

李兌の判決はつづく。

「しかしながら、そのほうがわが国の王室に奉仕した事実は称《ほ》められてよく、庶民のためにも多大な便宜《べんぎ》をはかったことに鑑《かんが》みて、死罪一等を減《げん》じ、九原《きゅうげん》へ謫徙《たくし》させることとした。妻子とともに九原へ徙《うつ》り、築城に従事せよ」

芷冗は落涙《らくるい》し、両手で土をつかみ、肩をふるわせた。

「なお、そのほうの全財産を没収し、店をとり潰《つぶ》すが、そのほうの店は邯鄲の民にとって必需《ひつじゅ》の物をあつかっており、店が消滅すると民が大いに迷惑するようなので、そのほうの家宰である遠有に店を継がせ、没収した財の半分を貸与《たいよ》する。以上である」

この日、芷冗は訟庭から牢《ろう》へ移され、五日後に、ほかの罪人とともに北へむかって歩かされた。遠有の見送りはなかった。暗い牢のなかで絶望の淵《ふち》に沈んでいた芷冗は、突然、すべてがわかった。

——あれも、これも、遠有が仕組んだことだ。

おそらく李巧をひそかに招いたのも遠有で、府尹を動かして公孫龍を斉へ遣ったのも遠有にちがいない。没収された全財産の半分でも厖大《ぼうだい》であり、その何割かが府尹に渡るしかけになっていよう。

——あの勤恪《きんかく》づらをしていた男が、われの財産を狙《ねら》っていたのか。

おとなしい飼い犬がじつは狼《おおかみ》であり、ついに本性をあらわして主人を食い殺そうとしたといってよい。芷冗は、孤児同然の遠有をひきとって商人として育てあげた自分の慈心《じしん》を悔《く》やんだ。だが芷冗は遠有にたいしてどれほど酷虐《こくぎゃく》をおこなったか、という自覚をもたず、ただただ遠有を怨《うら》んで、妻子とともに邯鄲をでた。

おなじ日に、公孫龍のもとから、棠克と巴《は》朗《ろう》が旅立った。

孟嘗君の臣下となっている子瑞は、面会にきた嘉玄、洋真《ようしん》、巴朗という三人に、

「わたしは五人を養うのがせいいっぱいで、すでに三人が従っている。わが家の旧臣に頼られても、どうすることもできぬ」

と、実情をうちあけた。

「それでも子瑞さまに従います」

と、公孫龍にむかって頭をさげたのが、棠克と巴朗であった。むろん公孫龍はふたりをひきとめなかった。

五百枚の金貨を棠克に贈った公孫龍は、

「なんじのおかげで、邯鄲のわが家はびくともしなくなったどころか、富を増やした。われには向後の子瑞どのを支援する心がある。遠慮することはない、と諗《つ》げてくれ」

と、いった。

「かたじけない仰《おお》せです。ふたたびお目にかかるときには、はつらつたる子瑞さまをおみせしたいと存じます」

「なんじの扶助《ふじょ》があれば、子瑞どのの英稟《えいひん》がかならずきらめくときがこよう」

そういって棠克を送りだした公孫龍は、生涯、棠克に従うという信念をもっている巴朗には、

「ほんとうに棠克を助けるということは、唯々《いい》として従うことではない。棠克が召公と争うようにしてなんじら父子をかばったとき、同時に、主である召公に過誤《かご》をおかさないように、勇気をもって諫《いさ》めたのだ。つまり、棠克は召公をも助けたといってよい。忠とはそういうことである、と肝《きも》に銘《めい》じておくように」

と、箴言《しんげん》をさずけた。

巴朗は一礼した。それから馬車に乗って手綱《たづな》を執《と》った。そこでは公孫龍にむかって敬礼をせず、馬車をだした。おそらく巴朗は子瑞に直属せず、棠克の従者として一生を終えるつもりであろう。過酷な生きかたをあえて選んだといえる。すでにその決意があらわれた容姿であった。

公孫龍が家のなかにもどるのを待ちかねていた童凜《どうりん》が、

「子瑞さまがなぜ斉へゆき、どうして孟嘗君に仕えるようになったのか、おしえてく

ださいますか」

と、いった。魏へ往《い》って子瑞に会って事情を知った三人が、邯鄲にもどって委細《いさい》を語げたのは、公孫龍と棠克にだけである。

「ふしぎで、せつない話よ」

公孫龍はものを嚙《か》みしめるように語りはじめた。

そもそも子瑞の誕生が常識からはずれていた。召公祥《しょう》が周《しゅう》王の使者として斉へ往き、帰途、泊まった旅舎《りょしゃ》で玉蘭《ぎょくらん》という女《むすめ》をみそめた。召公はそこに連泊したあと、玉蘭をともなって帰宅した。翌年、玉蘭は男子を産んだ。いうまでもなく、その男子が子瑞である。

召公は玉蘭を乳母《うば》として子瑞を育てさせた。ところが、召公のもとに宋《そう》の国から公女が嫁《とつ》いでくると知った玉蘭は、突如、姿を消した。奇妙なことに、宋の公女は周都までの旅途《りょと》で病死した。その後、召公には楚《そ》の国の大臣の女を娶《めと》る話があったものの、これは立ち消えになった。

「愚かなことよ」

と、召公は自嘲《じちょう》したらしい。自分がほんとうに愛したのは玉蘭であるのに、家名にこだわり、外聞《がいぶん》をはばかって、よけいなことをした。しかも、たいせつな人を失った。

最初から玉蘭を妾《しょう》として室《へや》を与え、子瑞が成長したのちに、玉蘭を貴族の養女にしてもらって正室に迎えればよかったのである。

「われはそなたの生母にすまぬことをした」

子瑞が十五歳になったとき、召公は後悔をこめて、こまごまと語った。ひとりの女の一生を損亡《そんぼう》させたのであれば、つぐなうのが当然であり、

「そなたが二十歳になったら、斉へ行って、生母の消息をさぐり、もしも貧しい生活をしていたら、玉製の文具を贈ってもらいたい。それは家宝で、売れば千金になる。あれほどの美貌《びぼう》であるから、斉に帰ってたれにも嫁《とつ》がないはずはないが、いま寡婦《かふ》になっていれば、そなたは会って、われの心情を伝え、わが家にもどってくれるように説得してほしい」

と、召公は切々《せつせつ》といった。

しかしながら、子瑞が二十歳になるまえに変事があり、子瑞は迷わず文具をかかえて馬車に乗り、周都を離れた。が、なにぶん急なことなので、銭と食料をほとんどもっておらず、斉の国にたどりついたものの、馬は倒れ、自身も飢《う》えて気絶した。なかば死んだような子瑞を救ったのは、馮諼《ふうけん》という孟嘗君の臣である。馮諼は食客《しょっかく》あがりの剣士であるが、孟嘗君にいたく信用されて、薛《せつ》の警備をまかされていた。盗

賊団が横行しているというので、かれは騎兵を率いて近郊を巡邏しているさなかに子瑞を発見したのである。てっきり盗賊に襲われたとおもった馮諼は、意識のない子瑞を薛に運び、医人《いじん》を招いてこの若い旅人を回復させた。

病牀《びょうしょう》を払うことができた子瑞は、馮諼の汪々《おうおう》たる人格にふれて感動し、すべてをうちあけた。

「あなたは周の召公のご子息か」

おどろいた馮諼は、こみいった話をきき終えると、

「ご生母捜しをお手伝いしますよ。食客のなかには臨淄だけではなく斉の諸邑《しょゆう》に精通している者がいますので、その者を付けましょう」

と、いい、親しい食客に事情を語げて、子瑞を嚮導《きょうどう》させた。その食客は、各国の使者が臨淄にむかう場合、途中にどの宿舎をつかうかは、だいたいわかっているようで、子瑞の父の足跡をすぐにみつけた。

「この旅舎に美貌の女がいて、数年間、行方《ゆくえ》がわからなかったが、あるときもどってきて、その後、臨淄の商人に嫁いだということです。まず、その女が、あなたの生母でしょう。商人の名がわからないが、臨淄にはわたしの友人がいますので、調べてもらいます」

ふたりは臨淄へゆき、食客の友人の協力を得て、ついに生母の所在をつきとめた。

ここまで話した公孫龍は、ことばを切り、大きく嘆息した。

「どうなさいました」

いぶかしげに童凜は公孫龍をみつめた。

「童凜よ、人の運命とは、つくづくふしぎなものだな。子瑞どのの生母が嫁いだ臨淄の商人とは、秋円であった」

「えっ、あの秋円……」

「そうよ、あの秋円よ。臨淄で、一二を争う豪商の妻が、自分の生母であると知った子瑞どのは、面会を求めることをせず、臨淄を去った。そのおだやかで豊かな家庭をこわすようなまねをしたくなかったのだろう。薛にもどった子瑞どのは、馮諼に真情を語げ、家宝の文具を孟嘗君に献じて臣従する道を選んだ。おそらくその真情というのは、召公家という名門を背負うのをやめ、無位無冠の男子として生きたいということだろう。われのもとにこなかったのは、その決意があったからだ」

かつて公孫龍はおなじような決意のもとで独行する道をさぐり、ここまできた。その点で、公孫龍は子瑞への最良の理解者であるといえよう。

――さて、そろそろ燕へ往くか。

そう考えはじめた公孫龍に来客があった。珍客である。隠居となった鵬由《ほうゆう》が訪ねてきた。小さく歓声を揚げた公孫龍は、鵬由を貴賓室《きひん》へいざなった。すると鵬由は恐縮の態《てい》を示し、

「愚息《ぐそく》が商売をはじめられたのは、あなたのおかげです。お礼を申し上げるのが、ずいぶん遅れました。今日は、あなたに望みがあれば、それをきいて善処《ぜんしょ》したいとおもい、うかがいました」

と、いった。一考した公孫龍は、

「ある事情で、家宰が去りました。この家の者をまとめ、しかも商売を疎漏《そろう》なくおこなう者がみあたらないのです。燕には牙苔《がとう》という者がいますが、その者を趙に移すと、燕の家がまとまらなくなる。そこで、人をひとりくれませんか。それがわたしの望みです」

と、おもいきっていった。鵬由に仕込まれた者がすべて鵬艾《ほうがい》に属《つ》いたわけではあるまい。わずかにおどろいてみせた鵬由は、しばらく黙考《もっこう》したあと、

「ひとりいますよ」

と、いい、微笑した。

「それは、ありがたい。燕へ往くまえに、その者を観ておきたい」

「いや、それにはおよびません。あなたの目のまえにいるのですから」

ききまちがいではないかとおもった公孫龍は、驚愕《きょうがく》の色をかくさずに鵬由を視《み》た。

（巻二　赤龍篇《せきりょう》・了）

地図作成　アトリエ・プラン

この作品は令和四年四月新潮社より刊行された。

宮城谷昌光著 楽毅（一〜四）

策謀渦巻く古代中国の戦国時代。名将・楽毅の生涯を通して「人がみごとに生きるとはどういうことか」を描いた傑作巨編！

宮城谷昌光著 晏子（一〜四）

大小多数の国が乱立した中国春秋期。卓越した智謀と比類なき徳望で斉の存亡の危機を救った晏子父子の波瀾の生涯を描く歴史雄編。

宮城谷昌光著 香乱記（一〜四）

殺戮と虐殺の項羽、裏切りと豹変の劉邦。秦の始皇帝没後の惑乱の中で、一人信義を貫いた英傑田横の生涯を描く著者会心の歴史雄編。

宮城谷昌光著 青雲はるかに（上・下）

才気煥発の青年范睢が、不遇と苦難の時代を経て、大国秦の名宰相となり、群雄割拠の戦国時代に終焉をもたらすまでを描く歴史巨編。

宮城谷昌光著 史記の風景

中国歴史小説屈指の名手が、『史記』に溢れる人間の英知を探り、高名な成句、熟語のルーツをたどりながら、斬新な解釈を提示する。

宮城谷昌光著 新三河物語（上・中・下）

三方原、長篠、大坂の陣。家康の霸業の影で身命を賭して奉公を続けた大久保一族。彼らの宿運と家康の真の姿を描く戦国歴史巨編。

司馬遼太郎著
項羽と劉邦（上・中・下）
秦の始皇帝没後の動乱中国で覇を争う項羽と劉邦。天下を制する〝人望〟とは何かを、史上最高の典型によってきわめつくした歴史大作。

司馬遼太郎著
草原の記
一人のモンゴル女性がたどった苛烈な体験をとおし、20世紀の激動と、その中で変わらぬ営みを続ける遊牧の民の歴史を語り尽くす。

新潮文庫編
文豪ナビ 司馬遼太郎
『国盗り物語』『燃えよ剣』『竜馬がゆく』『坂の上の雲』――歴史のなかの人物に新たな命を吹き込んだ司馬遼太郎の魅力を完全ガイド。

吉川英治著
三国志（一）
―桃園の巻―
劉備・関羽・曹操・諸葛孔明ら英傑たちの物語が今、幕を開ける！ これを読まずして「三国志」は語れない。不滅の歴史ロマン巨編。

渡邉義浩著
三国志ナビ
英傑達の死闘を地図で解説。詳細な人物紹介。登場する武器、官職、系図などを図解。吉川版を基に「三国志」を徹底解剖する最強ガイド。

中島　敦著
李陵・山月記
幼時よりの漢学の素養と西欧文学への傾倒が結実した芸術性の高い作品群。中国古典に取材した4編は、夭折した著者の代表作である。

井上靖著
敦煌（とんこう）
毎日芸術賞受賞

無数の宝典をその砂中に秘した辺境の要衝の町敦煌――西域に惹かれた一人の若者のあとを追いながら、中国の秘史を綴る歴史大作。

井上靖著
風濤（ふうとう）
読売文学賞受賞

朝鮮半島を蹂躙してはるかに日本をうかがう強大国元の帝フビライ。その強力な膝下に隠忍する高麗の苦難の歴史を重厚な筆に描く。

井上靖著
蒼き狼

全蒙古を統一し、ヨーロッパへの大遠征をも企てたアジアの英雄チンギスカン。闘争に明け暮れた彼のあくなき征服欲の秘密を探る。

井上靖著
孔子
野間文芸賞受賞

戦乱の春秋末期に生きた孔子の人間像を描く。現代にも通ずる「乱世を生きる知恵」を提示した著者最後の歴史長編。野間文芸賞受賞作。

酒見賢一著
後宮小説
日本ファンタジーノベル大賞受賞

後宮入りした田舎娘の銀河。奇妙な後宮教育の後、みごと正妃となったが……。中国の架空王朝を舞台に描く奇想天外な物語。

安部龍太郎著
迷宮の月

白村江の戦いから約四十年。国交回復のため遣唐使船に乗った粟田真人は藤原不比等から重大な密命を受けていた。渾身の歴史巨編。

新潮文庫最新刊

林 真理子著　小説8050

息子が引きこもって七年。その将来に悩んだ父の決断とは。不登校、いじめ、DV……家庭という地獄を描き出す社会派エンタメ。

宮城谷昌光著　公孫龍　巻二　赤龍篇

天賦の才を買われた公孫龍は、燕や趙の信頼を得るが、趙の後継者争いに巻き込まれる。中国戦国時代末を舞台に描く大河巨編第二部。

五条紀夫著　イデアの再臨

ここは小説の世界で、俺たちは登場人物だ。犯人は世界から[redacted]を消す!?　電子書籍化・映像化絶対不可能の〝メタ〟学園ミステリー！

本岡 類著　ごんぎつねの夢

「犯人」は原稿の中に隠れていた！　クラス会での発砲事件、奇想天外な「犯行目的」、消えた同級生の秘密。ミステリーの傑作！

新美南吉著　ごんぎつね　でんでんむしのかなしみ　―新美南吉傑作選―

大人だから沁みる。名作だから感動する。美智子さまの胸に刻まれた表題作を含む傑作11編。29歳で夭逝した著者の心優しい童話集。

カフカ　頭木弘樹編　決定版カフカ短編集

特殊な拷問器具に固執する士官を描く「流刑地にて」ほか、人間存在の不条理を描いた15編。20世紀を代表する作家の決定版短編集。

新潮文庫最新刊

サガン
河野万里子訳
ブラームスはお好き
パリに暮らすインテリアデザイナーのポールは39歳。長年の恋人がいるが、美貌の青年に求愛され――。美しく残酷な恋愛小説の名品。

S・ボルトン
川副智子訳
身代りの女
母娘3人を死に至らしめた優等生6人。ひとり罪をかぶったメーガンが、20年後、5人の前に現れる……。予測不能のサスペンス。

磯部涼著
令和元年のテロリズム
令和は悪意が増殖する時代なのか？　祝福されるべき新時代を震撼させた5つの重大事件から見えてきたものとは。大幅増補の完全版。

島田潤一郎著
古くてあたらしい仕事
「本をつくり届ける」ことに真摯に向き合い続けるひとり出版社、夏葉《なつは》社《しゃ》。創業者がその原点と未来を語った、心にしみいるエッセイ。

小林照幸著
死の貝
―日本住血吸虫症との闘い―
腹が膨らんで死に至る――日本各地で発生する謎の病。その克服に向け、医師たちが立ちあがった！　胸に迫る傑作ノンフィクション。

野澤亘伸著
絆
―棋士たち　師弟の物語―
伝えたのは技術ではなく勝負師の魂。7組の師匠と弟子に徹底取材した本格ノンフィクション。杉本昌隆・藤井聡太の特別対談も収録。

公《こう》孫《そん》龍《りょう》 巻二 赤龍篇

新潮文庫　み－25－42

令和六年五月一日発行

著者　宮《みや》城《ぎ》谷《たに》昌《まさ》光《みつ》

発行者　佐藤隆信

発行所　株式会社 新潮社

郵便番号　一六二—八七一一
東京都新宿区矢来町七一
電話　編集部(〇三)三二六六—五四四〇
　　　読者係(〇三)三二六六—五一一一
https://www.shinchosha.co.jp

価格はカバーに表示してあります。

乱丁・落丁本は、ご面倒ですが小社読者係宛ご送付ください。送料小社負担にてお取替えいたします。

印刷・大日本印刷株式会社　製本・株式会社大進堂

© Masamitsu Miyagitani 2022　Printed in Japan

ISBN978-4-10-144462-8 C0193